記得有人愛著你——

阿旭
阿旭寫字公司

國插
推薦
——Cherng

謝謝阿伯

讓我知道原來我一直很可愛♡.

推薦序

注意！是阿旭

張曼娟

那應該是在北京頤和園，阿旭隨意搭一方色彩斑斕的披肩，微笑站立著，背後是北國遼闊的，藍到不可思議的天空，看到這張照片，我對阿旭說：

「沒想到男孩子用披肩可以這麼好看。」

「是不是？」他給了我一個自信笑容。

我覺得阿旭的好看，是一種精神形態的，源自於他的隨性與純粹。

第一次遇見他，是在大學的課堂上，那麼年輕的一群大孩子，有的是不知道自己所為何來；有的是充滿企圖心；有的則是得過且過，置身其中的阿旭，有著一種清新感。當他上臺報告時，不論是內容還是遣詞用句、語速、腔調，都能充分掌握，引人入勝。他只是把該做的事做好，用熱情去做，而不是想炫技，或是引人注目，這是我對阿旭最初的印象。

課堂上遇見的學生，多半風流雲散了，和阿旭為什麼一直彼此牽繫？其實我也無法理解。他修過我的「飲食文學」課，知道我是個好吃鬼。我們第一次相約聊聊，阿旭找了一間隱身在師大附近巷弄裡的蛋糕店，確實令我驚豔。我們坐在不像咖啡館，更像是誰家老客廳的座位區，聽他聊著工作上的事，家裡的事，突然說起剛過世不久的爺爺。阿旭描述著老紳士爺爺的樣貌與生活，與他之間的對話和情感，爺爺離世帶給他的傷痛，我安靜的聆聽著，意識到，這是一個好溫柔的人啊。

我喜歡溫柔的人，應該就是這樣，開始了我們不遠不近的人生旅伴之路。後來還加上同班同學沈婷茹，也是一個溫柔又有韌性的好女子，目前在新竹的「或者新州屋」擔任主理人。他們曾和我談到年齡，我說我不怕老，就算是當他們的阿嬤也可以，於是，他們叫我曼姥，我們祖孫三人的城市美味尋訪之旅就此展開。每過一段時間，阿旭就會在群組丟出幾個好餐廳，讓我和婷茹挑選，接著是快樂的聚餐，分享彼此的生活近況。我伴著他們長大，他們陪我老去。

看到阿旭的字跡，那樣瀟灑又獨具風格的字體，我便對他說：「你的字寫得真好。」他只是笑笑，並不覺得特別，於是激起我的鬥志：「你有沒有想過，可以用寫字來創業？」為什麼會說出這麼大膽的話？實在是因為多年以來，我看過許多年輕人嶄露他們的才華，並不遵從主流的價值觀，反而走出自己的光明大道，我擁有的不只是直覺，也是經驗法則。我能看到一些別人看不到的，呃，不是髒東西啦，是未來。

離開了不友善的職場，阿旭終於一筆一畫的寫出了一個公司，多麼令人振奮。他不只是寫字而已，還寫出他的經歷、情感、希望與將來。他的字與他的隻言片語，感動撫慰了許多人。他穿梭在一個又一個市集，像一個法力無邊的巫者，透視一個又一個孤獨憂傷的靈魂，接住他們的岌岌可危，縫補他們的支離破碎。依舊是踏實的，不張揚的，走在自己的道路上。

我在曇花盛放的深夜裡展讀他的書稿，覺得自己極度疲憊的破碎心靈也被療癒了。

阿旭決定出書時，對我說：「我會寫到姥喔。」我說好啊，可以寫也可以不寫，這是我們之間的信任與自由。他確實寫到我，就在第一篇的開頭，然而，他是怎麼寫的呢？他說我對他說了一句嚴厲的話：「你到底什麼時候要長大？」雖然我已經不記得了，但這真的是我的口氣。然而，我一直以來在大眾視野中的溫柔敦厚形象，豈非毀於一旦？啊？這下大家都知道我其實是個說實話的人了。只有極少數親近的朋友，知道我是個一針見血的人，有些人喜歡我，有些人不喜歡，也都是這個原因。真相大白，這確實是個好時機。

那麼，做為一個實話實說的人，我要坦白對阿旭說，你做得很好，寫字與寫書與認真好好過生活與忠於自己。也要對讀者說，這是一本值得閱讀的真誠之書，你會在其間感到溫柔與真誠，並且遇見自己。

目次

開始的故事

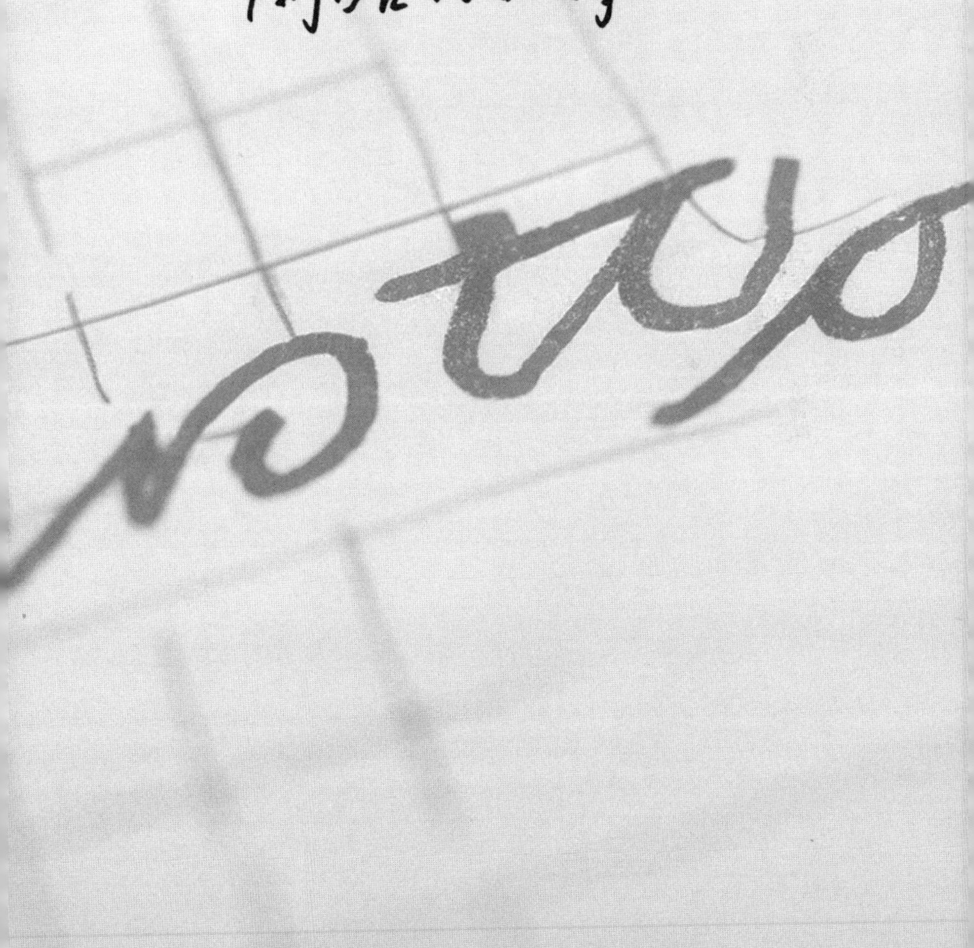

當第一筆落下

「你到底什麼時候要長大？」對我說出這句嚴厲重話的，並不是我的父親母親，而是我的大學教授暨知名作家張曼娟老師。

那時，我剛從一家大企業離職，覺得在職位上的許多事情，固然傾盡了天賦卻依舊不如人意，在逃避之餘，與老師約了晚餐，相當委屈地向老師「傾訴」，冀能得老師垂憐眷顧。但老師的眼光不同，她一句話便往我的靈魂狠狠揍了一拳，拳拳到肉。

取暖失敗也罷了，那句「你到底什麼時候要長大？」從老師口中說出，使我的靈魂感受到前所未有的重壓力，徹底讓我了悟到自己的膽怯逃避、幼稚與輕浮。

父母親成長的農業時代，人都必須提早熟成。生養孩子常是為了替家中增加人口務農，當時許多人早早就指了婚，十幾歲便成了大人，擔起延續血脈及照顧家庭的責任。

惟世態丕變，社會轉型，臺灣生活逐漸富足以後，像我這輩的人不僅與父母親的關係已然不同，在衣食無虞的環境下成長，習慣了被照顧，在心理上也熟成的極慢，即使廿來歲了仍像小孩。然而生命的晚熟成，像一種慢性病，摧估拉朽了自己的肉身，也將父親母親對我的盼望磨成沙數任歲月的風吹到不知名的遠方。雖然不至於有立即風險，但長期觀之，這種晚熟成將使一個家庭所需要付出的身心力週期如受月球引力的潮水上漲，漸漸，未來恐怕也如昨夜星辰，僅剩一種念想而已。

父親母親已經那麼辛苦拉拔我成人，無法獨立絕對是我所害怕的。如今想來，好在那一年遇見了老師的那句話，我才真正第一次明白「長大」的意義——承擔責任。

回顧過去幾次餐聚，老師曾兩次問過我「你的字那麼有特色、那麼漂亮，要不要開一個寫字的粉絲團？」我因任職於企業，工作相當忙碌，也不知開粉絲團寫字的動機為何，若無目的，是很難長久支持自己去做一件事情的，當下幾乎未有思忖就拒絕了老師的提案。這一次聚餐，老師再問「現在離職了，要做什麼？要不要開個寫字的粉絲團，現在有幾個人都經營得有聲有色，你不會輸給他們的。」因離職期間無事忙，我將老師的提案折疊起來，收進心裡那個寫著「待辦事項」的盒子。

其實，在我的靈魂長成大人以前，我的字跡已經比我先長大了。

小時候我的字並不好看，甚至曾經因為在上課行使「鬼畫符」之力被老師留校罰寫。長大後，探尋記憶的礦脈才發現，那時我小小的心只是很想長大，看著父親母親的行書感覺到濃厚的「大人味」，於是便認定將字的筆畫都連串在一起，就是大人了。卻不曉得，在人生路上，將每道筆劃都書寫在合宜的位置，是最重要的事情。當然更不曉得，成為大人原來是一件辛苦的事情。

在我的靈魂長成大人以前，
我的字跡已經比我先長大了。

進入小學中高年級，班上出現了寫字特別整齊漂亮的同學，我有了向他們學寫字的念頭。於是國中、高中乃至於現今，我都仍持續調整自己的字。

「你好，這是法式油封鴨腿。」一道大人風味十足的餐點遞送上桌，曼娟老師操持刀叉輕輕將骨肉解下，分到我的盤中，我們同步將腿肉放入口中，一股美妙讓我們立即對看彼此，滿意地笑了出來。

◆

「叔公，食茶。」我端著爺爺泡的茶輕輕緩緩地遞到二叔公的手中，用客語請他喝茶。這是我在高雄鹽埕的冬天短住一個月，接到家裡來電告知在臺北醫病的二叔公過世時想起來的第一件事情。

爺爺是七兄弟中的大哥，自小我們家時常有親戚來訪，端茶問好是我們對客人的歡迎及尊重之意。二叔公會騎著打檔機車載著叔婆，轉進我們透天厝的走廊。

從我有記憶起，二叔公就已自中學輔導主任退休，常赴桃園女子監獄輔導受刑人，也以我們龍潭聖蹟亭的古蹟導覽志工身分活躍著。比起成績，他更重視的是一個人的品德，總是帶來許多與愛有關的教育及文學書籍送給父母親及我們家三個孩子。我依稀記得，在我們家孩子同時獲得小學「模範生」的那一年，他還為我們家訂了一年的《國語日報》作為賀禮，時常鼓勵我們往光明的未來前行。

告別式訂在元宵節那天，臺北二殯。

天氣預報東北季風襲來，一大早我們就在寒流雨天中出發。家祭之後，我走到場外找廁所，二叔公的告別式場外，來送別的人們，長長排到門外幾十公尺。廁所在廊道的尾端，我經過幾間靈堂式場，覺得自己路過了好幾個人漫長的整個人生。與此同時，眼角餘光卻也告訴我，好幾間式場僅有幾位人士出席。

經歷外婆、爺爺的告別式那種幾百人鞠躬上香的場面，我理所當然認為，一個人一生遇上幾萬人，每個人生的最後一段路也必將有許多人前來告別。從未想過人情原來可以寂寞，世態也可以如此澆薄。

告別式後某一天，返家路上，一個問題突然在我心中似火把燃起，「為什麼那麼一個天寒濕冷的日子，那麼多人願意遠赴臺北送我的二叔公最後一程？」內心的另一個聲音回答，「送行的人之中，有他的同事、學生，還有淚流滿面的更生人，更多的是親炙過二叔公的正直及堅強的人們。一定是因為，二叔公為這個世界留下了很多美好的意念、留下了很多好事吧。能在離開世界之後，持續將上一代的美德交給這個時代，簡直就像偉人傳記一樣。」

想到這裡，我也開始編排自己的身後事，同時，也希望自己能為世界留下些好的事情。

當第一筆落下

期待當我第一筆落下之後，世界也更值得讓所有人喜愛。

終於有了推行自己寫字的動機，我將這個願想與曼娟老師交給我的「待辦事項」攤開，相互交疊熨燙在一起，才開設了臉書及ＩＧ的社群帳號，開始寫下一幅幅以美好意念作為出發點的溫軟風景。也是這個時候，我才了解到，寫字於我而言真的是相當「大人」的事情，是我負責任的方式。

許多人好奇，如何以「阿旭寫字公司」為名，則是因揀了名字中的一個旭字組成了「阿旭寫字」，不過前思後想感覺「〇〇寫字」這樣的名字實在缺乏想像和記憶點，在一群寫字的社群帳號中顯得乏味，最終才加上了「公司」二字，是為品牌之表達，開始推出文創產品，並參加市集，等等。

沒有什麼特出之處，但有一個不小的願，以及貴人提點加持，寫字公司就這樣開始了。

世界的幸運

之一　天堂不缺天使

長髮和長腿是她的招牌，她遠遠地走過來，陽光為她剪影，我從那片影子認出她。

「你是心理系的嗎？這句話讓人好想哭。」

已不記得是幾年前的市集，她拿起印著「這世界擁有你／是這世界的幸運」的明信片站在我的攤位前看了很久。我看著她的眼睛回答：「不是，這句話是在二〇二〇年疫情剛起時寫的，在人心惶惶的那個時候，我想告訴大家，每個人對這個世界都有一定程度的影響力，希望每個人都能好好的守護自己，留在這個世上。」

自那天之後，每隔一陣子就會看見她來市集找我。有時候她的臉上會有很深沉的疑惑，有時候是一種對世事不明的渙散。但，無論她帶著什麼樣的神情出現，我都會在心底想著：「來了，太好了。」

這世界擁有你，
是這世界的幸運。

她的左手腕上有許多癒合的創傷，每一個口子都是精神疾症的惡魔自她身上跋涉留下的痕跡，但這些傷疤的上層肌膚卻有一朵玫瑰花刺青亭亭開放著，像一首安慰過去自己的鎮魂歌。她告訴我，直到現在，那定居在意識裡的惡魔有時候仍會靜默地伏伸出闃黑的觸角提醒她殺了自己，但如果天堂不缺天使，命運會將她留下，領她住進療養病房休養。

幸運的是，自我們相識以來，命運的光亮終究能擊退惡魔自黑暗中延伸的觸角。

我安靜地看著她挑選明信片，也安靜地看著那片曾是一抹血色而今是一朵玫瑰的手腕肌膚想著——即使走進森林日暮途窮進退維谷，一旦順流而下冰解凍釋，該會綻放的終究要盛開的，這是命運的線條自然生長的模樣。

「只要你看到我，就是我沒事的時候呀。不過不知道下次什麼時候又會被抓回去療養病房就是了。」她的雙眼銜著純淨的善意。

我們彼此都無法明確知道下一次是後會有期還是後會無期，所以我總是跟她聊許多事情，談著最近的時事、她的病況，或在疫情肆虐期間互相詢問：「打疫苗了沒？」

在每個人不同的生命條件底下，時間對每個人的公平其實並不公平，人生而病而死，卻未必能老。於是能帶著豐盛多變的情緒及表情說話，在太陽下流汗喊熱搧風，冬日裡縮瑟著身體發抖，原來竟都是活生生又甜美的體驗。

「我又被抓回去兩個月，但我找到新工作了！很棒吧？」隔半年再次看到她出現，晒得像個生長在海岸的衝浪女孩，拎著幾幅請插畫家創作的似顏繪，輕輕軟軟笑著。依然有點渙散無神，依然正向開朗看待自己的病況，依然擁有家人及戀人的寵愛，也依然盛開。我聽她分享就醫經歷、工作難處及戀情的持續發展，看著她眼尾及嘴角隨著語音落下起伏跌宕，像風聲如海浪。

人啊，能夠自由地說自己想說的話，能夠選擇沉默，能夠展現情緒隨心所欲，大概就是很快樂的事情了。

市集結束開車回家，穿越一個個隧道，駛過幾個城鎮，好像路過了別人幾段人生。我靜靜的想著，「希望天堂能一直不缺天使」。

等到下次見面，我還是會在心裡說：「來了，太好了。」

之二　重生

我可能一輩子也沒法理解一個人要將自己拖出家門得花多少力氣。

完成了這幾年非常熱門的ＭＢＴＩ十六型人格測驗，對我的敘述中有這樣一條「非常容易感到無聊」，對，真的，所以我老像一隻關不住的鳥，時常想飛，莫有目的地也好的飛。雖然身心俱疲的時候會加倍感覺到家和家人的美好，但身為世界的孩子，旅外的時光，有時竟也像回家。

不過這幾年出門，多為差旅行程，參加市集、辦展覽或者送貨。

在南方舉辦的市集，旁有布疋一樣絲柔滑過人間的軌道列車，大樓玻璃帷幕映照出的不是水泥叢林而是海洋港灣的日落，雲影徘徊，波光瀲豔，港邊幾棟建築有著海洋生物的外觀，匍匐上岸，趴躺成城市未來的樣子。這座城市曾經的影子是輪船機具及貨櫃下錨的工業形狀，但她以數十年歲月及數百萬人的戮力換了一張嶄新的臉面。我在這座城裡明白，只要有了對一件事物的熱愛及信仰，重生就不是神話。

市集入夜，亮晃晃燈下，有位女孩靠近，長髮及腰，膚如絞藤，沉靜看著我在桌面上開展的文字宇宙。

「這是什麼？」

「明信片，將我的想法寫下來之後製成的明信片。」

「噢……」

「妳的手怎麼了？是車禍嗎？」我看著她的左手有明顯的殷紅色皮肉傷口綻著，乍看似一寬版手環環繞成圈。

「我有點抑鬱的情況。」她回答，但沒有任何情緒表情。

我心一驚，霎時無語，但仍加快手上動作將另一位客人選購的產品包裝結帳，想與她聊聊。但不久，她便突然轉身離開，我抽了一張「這世界擁有你／是這世界的幸運」追過去送給她，沒有多說什麼。

市集結束回家，我想起她的傷口，像日本動漫中被封印在手腕的咒文，平常是纏繞著白色的絲帶的，但為了釋放、為了呼吸，又或者為了展示前所未見的力量，主角們會短暫將絲帶摘下。感覺真的很像呢。

隔日翻閱臉書的私訊欄目，乍見一封長信一般的留言，來自她。其中一段是這樣寫的——

這張卡片我會好好收著，我會帶著它度過這難受的鬱期，我能走過的。以前總覺得我給了世界溫暖，世界卻以冷漠回覆。今天我不這麼覺得了，這世界還是有溫暖的，不一定在身邊，也有可能來自一個陌生人。

我拿著用手機鍵入回覆：「謝謝妳把自己拖出來了。」但我沒有告訴她，讀完這封訊息時，我有了一點眼淚，除了能夠給予他人力量以外，還有一種感受是「自己的用心也被人輕輕地捧在懷中了」。

回想著僅有一面之緣的她和悄悄降落在我跟她之間的小故事，真的非常感謝她飽足的勇氣拖著抑鬱的身體出門，也很感謝當時的自己，衝出去送那張使她感覺人間還有些許溫暖的明信片。

只要能夠得到溫暖，甚至與他人交換溫柔，只要能重拾對人間的熱愛，重生的神話也能夠發生在人類的身上。不管你身在何方，不管你心向何處，都希望你能記得，我們這世界擁有你，是這世界的幸運。

市集故事

極短篇

社群帳號達到一萬人追蹤之後，我開始好奇追蹤我的人都是什麼樣的朋友，於是帶著想認識大家的心情報名了市集，爾後也確實認識了好多人，打開了我對工作的想像力度，當然，也聽到了許多故事。本篇擇十三則小故事，分享穿梭人群間的真誠及溫暖。

跟第一次見面的客人去吃晚餐？

他說不喜歡自己的家鄉所以到這裡謀職。昨天剛到城市立刻看好了房子租下來，今天出來走走，明天是第一天上班。

在我攤前挑了近半小時，我看了他挑選的文字感覺有點微妙，他猶疑不決，欲言又止，於是我告訴他，也許可以跟他聊聊並介紹這個我曾住過的城市。他結完帳說，如果他在晚上回來攤位前就一起去吃晚餐吧。

夜幕落下，他回來了。我一邊整理行李一邊跟他聊天。

原來是一位情感受挫的年輕男孩，另一半劈腿並給他很多壓力所以不得不找一個出口聊聊。兩個人正站在分手的路口，但男孩並不想分手，思前想後，折磨自己，自揭發事件至今已崩潰多次。

「好年輕的愛情啊」。我忖，並給了他一些想法，告訴他「你們的感情還是在你。」他聽完告訴我：「我是看了你的字覺得你的想法很酷，所以才決定回來跟你聊聊。我覺得有被接住的感覺。」

許多祕密更適合交付陌生人保管，於是，我時常在市集或社群平臺陪大家聊天。於我而言，能承接旁人的信任及情緒，這是我的榮幸。

當然，我們最後沒有一起去吃晚餐，但內心都飽飽的。

漂亮健康的果實

季節夏天，座標新北投車站。

展攤不久，有一家人靠近，問我「記不記得他們？」

不記得。我還真的不記得。

女人說，「你幫我們寫過字，是我們婚禮的紀念，兩個人在海邊，『你，是我的海。』」我一聽，腦海湧起一波綠松石色的浪。

多年前，那張海濱的畫面中，男人穿著襯衫，女人戴著盤帽，隔一步之遙牽著手，面向大海，那一分靜好與世無關。

如今站在我面前的，除了兩個人，還多了一雙純真羞怯的小眼睛。我看著小男孩，心想當年為照片題字時，那隱匿在文字裡的祝福，原來已經結成這顆漂亮健康的果實了。

必定浸潤了許多愛

兩位女子在人群外圍躡手躡腳，並說著在場人士都能聽見的悄悄話。

「阿旭會不會覺得我們很奇怪？」我聽到便看著她們答了，「會。」

她倆一笑，咚咚像精靈一樣來到我面前，說「我們是那對姐妹」。我一聽就懂了，是幾年前曾在耶誕節線上活動與我交換卡片的姐妹。

「這是阿嬤家種的，請你吃。」遞過來的是一盒豔紅似火的小番茄，大小不一，沒有銷售考量，果真是小農精選。我看著她們，心想，這真是好貴重的禮物。

一方土地養人，一雙手拉拔一個家族，種出小番茄的這雙手必定浸潤了許多愛吧？不，應該說，這雙手就是愛的本身。牽著幼時的女孩們上市場、捻著香祈求全家平安健康，又或是，打著算盤舉著鍋鏟，揣著傳統女性的心意照顧家庭。

我看著兩位女子炙熱的眼神，也為回應彼此綿延多年的遠端網友式交情，收下禮物。謝謝她們願意從縣市的邊界來到這裡，將這珍貴的心意交予我。彼此後會有期。

沒有向現實低頭

有個女孩跟我說：「你最近好像變得更溫柔了。感覺是經歷了一些事情後的轉變。」她回答，我臆測是指 Instagram 上文案遭人剽竊一事。可能是吧。在理解這個世界運行的方式之後，內心就會落下至一個深深的底，許多事情無論如何都不會再跌破那個底了。遇上一些事情，即便知道是錯誤的，只需靜靜讓它停泊，並不因此改變自己對是非的認知。不拘泥於過去，這大概就是人生可以義無反顧往前的關鍵吧。

也許並不是溫柔，而是理解與接受，但沒有向現實低頭。

「不要死掉哦！」

為了回應他的請求，我是這樣在他的小卡片上留言的。

松菸，一位男孩走向攤位，有點羞怯的樣子。我向他介紹最近明信片特色，他微側著高大的身體聽我說話，邊聽邊看，說「天啊天啊，每個都好想要！」介紹完，我靜靜退在旁，讓他閱讀挑選合宜的文字。

「一共是二一〇元。」我將包裝好的卡片遞給他，他接著開口問：「可以幫我寫一些字在卡片上嗎？」

「好呀，」我轉身向夥伴借筆，問他：「有想好的內容了嗎？」

「不要死掉。」我乍聽愣了一下，他才解釋自己是重度憂鬱症患者，發病時可能會無法控制自己。我聽罷立刻蹲在椅子上開始在小卡片上疾書，寫下「對自己好，不要死掉哦！」是的，除了他請求寫的「不要死掉」，我還希望他對自己好。

我們都知道生命的儀表板即使補滿燃料也可能故障，但至少我們不要苛責自己，因為我們一直那麼努力了，可以用更好更好的方式照顧自己。有一天我們都會死，我希望離開的時候，我的最後一個意識是告訴自己，我有過一個完整的人生，我能理解也願意原諒自己，我願意用全身細胞感知自己走向凋敝。

存在本身是容易的，但活著有時卻很困難。但願你總記得年輕時自己的臉。

「我喜歡你／在你討厭自己的時候」

某個春天周末在嘉義，向兩位女生介紹這張明信片的時候，她們的後方站了一個頭髮整齊、戴著眼鏡的可愛男孩子，他掂了掂腳尖想看看我攤位上都是些什麼。

「我其實是憂鬱症患者，那種感覺很痛苦，沒有得過的人一定沒辦法想像。」他一邊說一邊伸出手臂，一條一條長在他膚上的荊棘沉默無語，我認得那種失落的印記。

我將這張卡片遞給他，要他收下，並且要貼在光照得到的地方，讓卡片陪伴著他，也希望他能好好陪著自己。他知道推脫不了才笑笑收下，我心中著實慰藉不少。

人啊，日子辛苦的時候，一定要想起愛著你的人喲。

原價購買

去找插畫品牌 Inksundae 帶走我喜歡的作品，主人提出折扣，但我堅決不收還說了「如果你要給我折扣，我就不買了」這樣的話，沒想到結完帳又看她在攤位上左顧右盼，我說：「也不要再額外送我東西噢。」她拗不過我，只好將東西包好笑笑遞給我。

我認為，每項產品的售價都是經過思量的，喜歡一件東西，用它應有的價格帶回家是非常合理的事情。此外，同為市集夥伴我確知收入不穩定的感覺，所以更要以原價選購，這是尊重、更是心意了。

與人為善

A市集發布了社群動態，大概是說，競爭對手B市集不滿某個品牌夥伴參加了A所舉辦的活動，對品牌說：「若去了對手那裡就別想再與我合作」，要脅意思濃厚，A不以為然，認為不該逼人選邊站。

我認為，在商業場合，每個人除了要努力讓自己壯大到別人無法忽視之外，也需記得別人篩選你的時候，你也有篩選別人的權利。

倘若遇上具有針對自己的攻訐時，先別讓情緒領導你，可以想想為什麼別人要採取行動？多半是因為你有「過人之處」威脅了他的生存，但他拿不出新的方法維護自己利益，心急了只能攻擊而已，真沒別的道理，所以也不必上心。

山水有遇，與人為善是不二法門。

幸福的事情

在政大擺攤遇到好多一、兩年前就認識寫字公司的同學們，聽到他們的聲音，看見他們的長成，從懵懂少年到輕熟大人，我們都還能這樣聊天真的是很幸福的事情。

人生到了某個時期成長速率會慢下來，遇見站在自己生命中高速運轉時代的你們，也真實讓我感受到「停滯」這件事情，因此深深體會省思。

來自韓國的同學，只要在政大，就會彷彿如約而至地出現在攤前。蘇格蘭、美國、日本、泰國、印尼還有加勒比海島國的朋友，將明信片或透明書籤交給你們的時候，我才明確理解自己也有能力推廣繁體字，因此也真的興奮並且感激。

起心動念

人間是由許多巧合不斷撞擊的碎片所堆疊組成。不久前才去了趟馬來西亞檳城，這次便在臺中遇見來自那座海島的情侶。

在海邊出生長大，來臺讀大學、就業一年餘，想了一想，水泥叢林究竟未如基因和細胞中日日吹拂的海風親膚，計畫著返鄉創業從事文創產業。我一聽很贊成，以檳城的歷史文化底蘊定能夠成就許多事情，遂與他們約定檳城再見。

我很喜歡「起心動念」這個詞，那是一切的開始。

未來的自己在等你

「可以幫我簽名嗎？我追蹤你好久。」

每次遇到有人說要簽名我都會很詫異，因為我並不是什麼名人或是厲害的人，比起簽名，我會問對方的名字，寫一段話再署名，像寫一張卡片給朋友那樣。

「最近生活是什麼樣的狀態呢？」我先問她的生活狀態，再想著寫些什麼。

「我大四了，最近在準備一個大考，雖然知道這是自己一定會接下的考驗，但有時候會覺得提不起勁，意興闌珊想要廢。」

「我想一下喔……」，最後提筆寫下「未來的自己在等你」這句話。

這句話非常中性，並沒有正面或負面的價值，我希望她知道，她跟未來的自己的關係，以及想賦予未來的自己的形象，全賴現在成全。並不是相當嚴厲，而是成長，一種帶著牽引的溫柔。

你想過未來的自己，是以什麼樣子在等你嗎？現在該做些什麼，去達成那個未來？

閃閃發亮的未來從未放棄現在哦。

我就是這樣的人啊，但我還是一個很好的人

她騎了將近一小時的車來市集找我，拿起印有「過一個自己想記得的人生」的明信片說，好難。

「因為我是躁鬱症患者，我不想記得以前發生的事情。」說著，她

眼淚幾乎要掉下來。我告訴她：「越想忘記的事情，越是記得清楚。」

我們排斥自己不滿意自己的地方，刻意忘記還是選擇忽略，這些事情都仍會在我們的生命中盤旋，成為我們不願面對的夢魘，躲藏在內心的某個角落，不曾代謝，不會消失。我也討厭自己許多部分，但我將與那個充滿裂紋而歪斜的自己擁抱，也許未來我能平撫缺陷，或不能。

有沒有可能，我們試著接受曾經發生在自己身上的事情，凝視靈魂的深淵，感受那些隱隱作痛的傷疤，有一天可以告訴自己，「是呀，我就是這樣的人啊，但我還是一個很好的人。」

未來，我們終將陪伴自己，希望我們都活得理得心安。

宇宙間的星塵

連假在臺中市集出現了熟悉的面孔，女孩說自己不太會言語，但很感謝我的文字給她帶來的慰藉，「讓我明白這個世界，還有人懂得自己在想些什麼」。我接過一張寫得滿滿的字的卡片，市集結束，回到飯店靜靜地讀著，也心懷感激。

我們都是宇宙間的星塵，靠近彼此的時候相視而笑，摩擦出極大值的光亮，雖然分開仍會念著彼此都好。

我想成爲一個
你想再見的人

我曾有過一檔個展，以鏡為載體，將文案置於其上，使觀眾能在讀到一句話的同時，看見自己。

「我想成為一個你想再見的人」總是許多人觀展時必定會拍照的。但與多數人想像不同，最初，這句話是我用來鼓勵自己往美好前進。

「我的身上一定有一些讓他人覺得愉悅的感受或具有啟發的優點，可以讓對方離開之後仍細味我們相處的過程，甚至決定下次一定要再與我見一面。我想再去增強這些感受及優點，成為擁有散發應接不暇的美好之人。在所有我想成為的人之中，我最想成為一個你想再見的人。」

有人覺得是繾綣的告白，有人淚憶去世親人，也有人解釋成不想再相見的人。每每聽到觀覽者的感想，從每一位帶著不同歷史而來到我面前的人身上聽出他們所詮釋的意義，我都能深刻體會文字非比尋常的魅力。在與許多的人談話中，曉得他們對文字祝福或治癒的渴求，

有時候是激勵自己，有時候是思念如燕盤旋，有時候是為了感謝，有時候是為了贖罪，為了一個不知道能否彌補的謬誤，為了一句——對不起。

也能間接得知鑿進他們人生路上的美滿和哀傷、偉大與徬徨。

曾有多年前市集中的一個時刻，如今依然記憶鮮明。

「有心事。」我看到女孩出現時就在腦袋裡下了註解。她沿著緩坡走上來，在不同品牌之間踱步，我遠遠看見她，在買賣的現場看似投入實則無心。她一家一家看著地來到我這。眼神掃過檯面上每一張明信片的文案，爾後定定的看著「我想成為一個你想再見的人」。不同的客人來了又走，她只是一直將頭垂得很低，一雙眼睛緊緊握著那句話。

「讀到這句話，你有什麼感想嗎？」我在她近乎凝固的執著意識所形成的湖水面上，扔了一個題目，試著激出漣漪。

女孩緩緩抬頭看著我，一種羞赧的感受爬上她的後頸、肩膀及手臂。她在腦中翻箱倒櫃，失去語言，一雙眼睛裡沉默的眼淚突然變得喧囂，抑制許久的情緒終於失據，宛如大雪崩來。

我從包中拿出面紙遞給她，沒有說話，先等她好一點起來。

「我……我……想到他。」國中三年級的女孩，想起了自己的戀人。

戀人大他幾歲，兩人談話相當投機，在百無聊賴的升學考時光裡，他總是能一句話讓她輕鬆，她很喜歡他。不過，父母及老師知道這段戀情後，紛紛投下了嚴厲的反對。主因不是因為女孩正值升學階段，更多的理由是大人們對這位戀人的抗拒──他是女孩素未謀面的網友。

我沒有辦法告訴女孩，她的喜歡是否值得走下去，但我希望她務必保護好自己，她說想聽我的意見。

「妳現在會不會覺得，為什麼我喜歡的、我想要的，大人都要反對？我以前也會這樣想。我小時候覺得非常珍貴的東西居然全部被我

有時候是激勵自己，有時候是思念如燕盤旋，有時候是為了感謝，有時候是為了贖罪，為了一個不知道能否彌補的謬誤，為了一句──對不起。

媽扔掉，我真的委屈死了，那種不被理解的孤獨感受，就像現在的妳一樣，很不懂為什麼自己的喜好或是選擇，大人都要百般控制？

但現在我才理解，我父母當年的反對是一種擔心及愛護的表現，他們憂心我因為不夠專心導致成績一瀉千里，長大了做底層工作被人瞧不起，並不是說做底層工作不好，每個職業都是努力謀生，但我爸媽他們自己就是被瞧不起這樣過來的，他們理解那種苦，不要在我身上重蹈覆徹。在那個時空下，他們已經想到的是未來的我。只是當年，他們用了極其暴力且錯誤的方式來執行教育。

我想，妳的爸媽跟老師一定也是很愛惜妳的，所以當他們說不可以的部分原因可能是升學，但最主要的原因應該其實是害怕妳被沒見過面的人騙去，畢竟，我們都見過很多在妳這個年紀被網友騙去強暴、餵毒或人口販賣的可怕新聞。妳對妳爸媽來說，一定是手心上的寶貝，他們沒有辦法看妳受到傷害。

不知道妳有沒有可能向他們多分享一些他們不知道的事？許多煩惱來自未知，盡可能讓大人知道妳在幹什麼，他們會安心很多。我沒有辦法告訴你這段關係是好或不好、對或不對。但我一定要強調，請妳務必透過所有手段來保護好自己，如果覺得自己還不夠成熟，那就再等幾年沒關係，該屬於妳的註定不會變成別人的。妳是妳自己最重要的人哦。」

女孩涕泗橫流遂變成笑顏逐開，這時我才看清楚，跟剛開始委屈沉默的小女孩比，這是一張略有成熟自信的臉。我把明信片遞給她，帶回去作個紀念。祝福她一切都好。

陌生人之所以適合傾訴，是因為跟自己的誠實人生無涉，且坐壁上觀的人往往能將局看得最清。但所有青春期無法突破的煩惱，除了讓歲月靜守以外，別無他法。

有時候是激勵自己，有時候是思念如燕盤旋，有時候是為了感謝，有時候是為了贖罪，為了一個不知道能否彌補的謬誤，為了一句——對不起。

我再也沒見過女孩，沒有成為她想再見的人，只願她平安。

另外一個故事則是來自我，因為犯錯而傷害他人，對於這樣的自己，希望悔改後，能夠成為對方願意再見的人。

好不容易在一個幾乎不容許犯錯的行業拿到第一份工作的時候，一切都戰戰兢兢的開始。我對每一位前輩都稱哥道姐的，每一次說明都悉心聽教，要將每日產出送出時，至少都將內容檢查三遍。幾個月後，工作上手了，也跟辦公室的同事們逐漸熟悉，心情便放鬆不少。

隔壁部門有一位文靜的女孩，我們時常一起去買便當、一起談笑風生、一起下班。後來有一天，我們部門一夥人擅借她的 LINE 跟另一位同事開玩笑。我點開她公司電腦螢幕、傳了不像是女孩會說的話的訊息給那位同事，自以為能製造出趣味。

女孩從廁所回來，發現我正透過她的 LINE 傳訊息，突然正色慍怒，漲紅了臉。收到訊息的那位同事來緩頰：「那個用字遣詞很明顯不是妳，我沒有相信啦。」另一位同事說：「我們上班時很常用別人的電腦互傳訊息，甚至會用對方的電腦幫忙回主管工作訊息，所以才會這樣開玩笑。」我則是很誠心的道歉，知道自己超出分際，愚蠢得有多離譜，但直到最後，直到我離開這間公司她都沒再跟我說過話。

許多錯誤發生的時候，事情的重點其實已經超越行為細節，而是在於事件中被傷害者的感受。雖然我並沒有刻意模仿女孩的語氣、傳出超出道德的內容語言，對她而言，未經同意透過她的 LINE 傳訊息給其他人已經是相當噁心且褻瀆的行徑，事實上也可能構成犯罪。

我已經找不到文字向她說明我的悔恨，但從此以往，我謹守分際，不再開自以為是的無聊玩笑，也不擅動他人物品。

我想成為一個你想再見的人，有時候是激勵自己，有時候是思念如

有時候是激勵自己，有時候是思念如燕盤旋，有時候是為了感謝，有時候是為了贖罪，為了一個不知道能否彌補的謬誤，為了一句——對不起。

燕盤旋，有時候是為了感謝，有時候是為了贖罪，為了一個不知道能否彌補的謬誤，為了一句——對不起。

我們都是這樣長大的

你的價值在哪裡？

「你以為你很懂行銷嗎？要不要秤秤自己有多少斤兩！」說完啪一聲，這通電話就被掛斷了。

充滿暴戾之氣，那是我向主管提離職之後的某天早上。

好多年前面試這家公司數位行銷職位，很順利通過了。工作內容基本上就是透過大數據的系統蒐集網友們討論的企業及競品話題，每日做成報告、處理業配文、觀察網路生態及執行各種公司產品的專案企劃等等。

從未進入過這個產業與職位，一開始經歷好幾個月的撞牆期，早上九點半上班，時常為了寫每日報告被刁到晚上九點，甚至有過破紀錄的凌晨一點。彼時，主管下班後攻讀ＥＭＢＡ。若是提案讓她不滿意，她會告訴你「這個方向不對，要看更廣一點。不要一直拘泥很微小的東西」。回應中夾雜一些專業術語，要我再去想想，卻總是說不清她到底要什麼、該怎麼執行。現在想起來，真的相當形而上。

後來我才知道她並非專業出身，是從毫不相干的單位併進行銷團隊的，所以她才返校負笈，增進相關專業知識，也能以學位做黃袍加身，不被其他部門主管看輕。

她很喜歡在討論事情時問我們這些組員：「你的價值在哪裡？」初出茅廬之人，總有股執拗，也不喜歡被看輕，於是這句話成為壓在我雙肩的千斤頂，挨著過了幾年。

業界用戶很習慣在某個大型網路論壇發言討論。有一天主管告訴我們：「憑什麼話語權都被那個論壇掌握，我們要來做自己的！」便請團隊開始研究並提出論壇結構骨架。我一聽覺得不妙，該論壇並非業界任何品牌所設，討論公正公平，吸引許多人加入。但私人企業品牌為了獲取網路正面聲量自己成立論壇，按邏輯，既不可能吸引一般用戶，難道還要再找一群自己人自嗨嗎？

但此案已經部門大主管確認，將成為主管代表作，一切箭在弦上，不得不發，勢在必行。在我眼裡，整個專案就是一輛臨淵疾駛的列車，我們團隊都是列車上的乘客，卻毫無煞車的餘地。

我參考了彼時幾個熱門論壇搭建骨架之餘，還加上自己別出新裁的設計，好幾次積極提案，總被主管那套「形而上」的說詞給打回來。我很沮喪，也深知這段期間在這位主管底下，一直只靠自己摸石頭過河，沒有專業學習，遂提出離職。

主管立即將我身上攬的專案剝下，穿戴到另一位同事身上。從那刻起，我對自己離職之後的人生再次出現流滿奶與蜜的豐美牧草地而由衷感謝神明。在提出辭呈到實際離職的一個月內，我被賦予每日報告的任務，做完交出去即可，主管見我如透明，再也沒有說過一個字，我也不介懷，樂得準時下班。

脫身倒數第五天早上，我發現競品建立了新趨勢社群平臺的帳號，我立刻將網址貼到組內 LINE 上，留言：「對方已經開始用 Instagram 了，我們未來也許可以考慮規劃開一個品牌帳號？」我以為自己恪盡職守觀察競品的工作。

已讀不回。已讀不回。已讀不回。已讀不回。已讀不回。

隔天一到辦公室，桌機就響起來，我拿起話筒，主管連珠砲罵，指責我不專業卻還妄言指導她，要我「秤秤自己的斤兩」。我唯唯諾諾掛上電話，沒有什麼情緒，但心裡想著「沒想到會在真實生活中聽到這種連續劇臺詞」，一方面又覺得自己真傻，提離職了還白目提什麼建議。

離職之後，我設立了寫字公司的 Instagram 帳號，專心此道。有一天與舊同事聚餐，他們也都離職了，當時設立的論壇早已垮臺，主管留著沒意思，放棄積累的年資，自請離職。幾乎是同時，新聞推播：Instagram 每月使用人數突破一〇億。

「你的價值在哪裡？」回想當時總是答不出來的提問，我現在知道了，雖世態不變，但我很努力，也相信自己在做的事情，我的價值在那位主管不認識的未來裡。

成為擁有溫暖眼光的人

大學實習課程在電視臺新聞部。

某一個週六被派去採訪金馬導演蔡明亮跟影后楊貴媚的舞臺劇演出。因是軟性新聞，實習課程的經理放心地派我及另一位同學前往，錄好畫面後再委由專業記者編採。

當天，國父紀念館的後臺，僅有我們一組採訪團隊。

楊貴媚在舞臺上的角色是蜘蛛精，排演的情節是一段情緒飽滿的獨白，包含十多分鐘的顫抖及停頓，讓人想起蔡明亮在《愛情萬歲》中出名的長鏡頭。排演結束，我們向導演和演員提出很多問題，但問了什麼答了什麼，我已印象全失。

唯一記得的是，蔡明亮先生說話時看著人的誠懇眼光是沒有任何懷疑的，如冬季早晨出門遇上輕輕緩緩將熱力漸漸推升的太陽，綿綿的暖暖的，其中還有一股篤定的能量汩汩滾動。與他說話，像被耶穌背後盛大的光擁抱，罰與罪全被超渡，誇飾一點來說，甚至可以成為我們星球上的日出。

我不曉得蔡先生的人格養成，但那次是我目前人生，千萬人中唯一僅有的遇見，那樣的眼神眼光及說話方式和氣質是我此生想擁有的。

如果沒有利益

另有回被指派跟著一位記者去採訪一則社會新聞，在東區違法擺攤遭警開罰卻拒繳的「百萬罰單大戶」有話要說。

首次跟採訪車出門自然是興奮異常，我主動向記者前輩提出很多問題，她冷靜地讀著資料，不疾不紊慢條斯理地回答我所有問題，如對這則報導的一切已胸有成竹。

採訪車駛進臺北市東區一棟老舊大廈前，各電視臺記者已經聚集在社區中庭討論事件。

不久大樓電梯門打開，走出一位身材略有福態的中年男子，他不等發問，逕直說：「我不是不繳罰單，擺攤是真的沒有賺到錢，我家還有一個老媽媽、一個弱勢的孩子要養，我們是真的沒錢，不是不繳罰單啊。」一位記者再問：「怎麼說小孩是弱勢？」他答：「天生就有一些缺陷。」眼眶含著的淚水，在苦夏的藍天襯托下看起來特別珍貴可憐。

「是啊，擺攤是能賺多少錢，家中還有老母及弱勢小兒要養，處境堪憐。」我內心忖著。

錄得要用的畫面，採訪結束，攝影機放下，各臺記者鬆一口氣。有兩家電視臺記者繼續關心男子家中的問題，流露共感同情，臨走前某臺慈眉善目的記者還塞了名片給男子，說「有需要可以聯繫我」。我看著，覺得這名記者真是現場唯一良心。

回到採訪車上，我好奇問前輩：「我注意到妳全程都好安靜，不知道妳對這件事情怎麼看？」

「我認為他應該有很多事情沒有說。如果擺攤真的沒有生意，那他為什麼還會一直去擺？一直被開罰單，罰金都不算小額，如果沒有利益，誰還會一直去做這件事情？那他家庭狀況的話，只有他片面陳述，我也不認為就是事實。」

原來還有這樣的思考角度，並不是毫無人性，而是充沛的理性。

我不聰明，但記者冷靜沉著的邏輯思考逆流，像一把劍，劃開當時涉世未深的我的思想，有一些銀河光帶噴流而出，我因而走進一個更多層次的世界，至今對那位記者懷抱感謝。

至於那位罰單大戶呢？我沒有追蹤後續發展，但望他守法繳完罰金。

我們都是這樣長大的

你好，歡迎光臨，我們每個人的心靈超市隨時都有新品送到。

你可以看到前方密雲罩頂的貨架上展示了羞愧憤怒、壓力、輕蔑或欺騙，另一側陽光普照，你可以找到溫柔及啟發、善良、力量或幸福等等。

記得噢，這些都是你從出生就擁有的。

當生命中許多事情不請自來，請適時調整自己的狀態，要參加情緒大拍賣，還是加入沉靜思考俱樂部都行。你所選擇應對的方式或是做出的決定要付多少代價，需以身作貸，請審慎決定。

纖薄的羽翼長在每個人的背上，小心仔細，在每個日出前的片刻時光裡靜靜攤展晒乾，迎接新的一次飛行。摔傷了，尋專業幫忙修復；失敗了，再試一次就好。無論是被貶低，是感受到溫暖，還是發現自己的不足……這些課程啊，學起來了就好。沒關係的，真的沒關係。

你的前輩們都是這樣長大的。我們都是這樣長大的。人都是這樣長大的。

你不必因

生爲自己

而道歉

二〇二三年

我將這句話送給當年就讀高二的學妹。

就讀三類組，染了一頭金髮，化妝，加入學校的熱舞社，一雙纖細勻稱的腿從短裙下竄出——她在青春正好的年紀，脫開學生清湯掛麵的樣板，早早擁有了自己想要的樣子。因此在網路社群也小有名氣，接了業配、參加各種社群行銷活動，比多數同齡人提早擁有更加精彩亮麗的生活。

不過，卻看她在社群上洩露低潮，原因是大學入學程序及結果出爐，不經意揭露她因隱形疾病形成的特殊加分身分被當成攻擊標的，螢幕後的鍵盤俠及鍵盤女俠藏頭遮尾對她放出一支支燒灼過的毒辣暗箭，按下 ENTER 鍵送出訊息的當下，咻咻咻，網路公審現場可比武俠小說場景。

其實我早已聽說過一些難堪至極的攻擊：「穿那麼辣，一定很愛

比其他人更早知道自己想成為什麼樣的人，
終將順流而上海闊天空。

玩」、「那個妝是想勾引誰啊？」、「聽說她每天都跟男生混成績超爛」……妒忌的耳語明目張膽地在校園裡晨霧似的逸散開來，沁入每個人的想法之中，聽過的人都相信了謠言。她被排擠被輕視被不當作一回事。來到世界上不過十幾年便遭逢了人性戰爭。

我不禁想，每個人選擇自己的生活，用自己的能力取得各自的成就與快樂，難道不是正常的事情嗎？尤其以我們無法選擇的出生基因作為人身攻擊的標靶，真的已經超過界線非常非常遠了。

這個時代的幸與不幸是社群網路的興起，有才華或獨特觀點的人可以建立自媒體被看見，但也因所有人都能暢所欲言，謾罵攻擊貪嗔痴恨甚囂塵上。

「我猜可能是妳太亮眼了，妳的青春讓某些人感到威脅，因為他們身上擁有的，不如妳，所以有人羨慕有人嫉妒。但妳一點錯都沒有，妳僅是變成了無趣校園裡一個與眾不同的風景，但有問題的是無趣的校園而不是妳，我希望妳牢記這一點。我知道妳有自己的目標而且努力邁進，那些只看表象的人才是輕薄的。」我在社群的私訊對話框寫下這些，希望她不被輿論所傷，繼續做快樂又自信的自己，那些留言者都是平庸的邪惡，對她人生不重要的角色。

許多人僅是害怕別人比自己強大而已。以自己喜歡的樣子生活，悅己而容不必道歉。我認為比其他人更早知道自己想成為什麼樣的人，終將順流而上海闊天空。

二〇一八年

在將這句話送給學妹之前，最初其實是寫下來替因性取向不同遭歧視的群體發聲。

幾年前的同性婚姻議題公投，好不容易成案卻在投票時遭否決，當晚就傳出有同志自戕的消息，我急急寫下這幾個字貼上粉絲專頁。

比其他人更早知道自己想成為什麼樣的人，
終將順流而上海闊天空。

我聽說他有點憂鬱，看見他身後的風景轉為灰白色，本來喜歡讀詩卻開始焚書。另一個她開始懷疑我們的世界是不是惡意建築的？把回家的路走遠了，把喜劇電影看哭了，往日最漂亮的笑容，她也遺失在往南方疾駛的快車上。他懷疑正義是不是站在他們這邊，她懷疑自己是不是能在脆弱的人世間活著。

其實那個晚上，我也急得快哭了，但我拒絕離開也拒絕讓眼淚對惡意輸誠。我們有身為自己的信仰，我們沒有錯，我們不會因為生為自己而道歉，我們終將一起抵達終點。

最終隔年，在臺灣，愛有更多顏色更多可能，每個人都擁有與同性及異性結婚的權利。

二〇〇六年

「聲音這麼高，你是不是娘娘腔？」一位開著名車，帶著全妝看似高貴的中年女性對我說了這句話，意圖以言語羞辱我。那一年我十七歲。

那天，爸爸做完一天生意，要將貨車開回家，但我們家門口停著一輛白色名車無法出入。我走到隔壁店家詢問是否是店內客人的車，冀請幫忙移車，沒想到一位女子氣急敗壞衝出來指著我就是一頓潑辣叫罵。將自家的車開回自家的土地遇人擋道就算了，還遭遇一陣不明不白的罵真是莫名其妙。媽媽聞聲也出來與那位中年女性理論，但該女卻像著魔似的在大街上越罵越大聲。

爸媽不得已走去附近警局請警方協助。面對那名中年女子不斷叫囂，我冷靜開口告訴她：「我們的車要開回家，請你移車就沒事了。」可能當下只剩我一人她認為可欺，便回了一句「聲音這麼高，你是不是娘娘腔？」面對如此逃避問題又邏輯死亡的回應，我一時語塞，不知所以然。

捧著宗教經書的人未必比拿著槍的人善良。表象不可信，一個人的行為才是他真實思想的輸出。

警員跟爸媽回到我們家門口，中年女子看見警察到場，更加淩厲地咆哮，最後遭警方直接請離現場。我還記得，中年女子年邁的父母親，不斷向我們鞠躬道歉。

其實我覺得自己很幸運，直到十七歲的年齡才遇上這樣的事情，而不是在小學或是中學遭遇霸淩，像玫瑰少年葉永鋕那樣。我的心智已經相當健全，百分之百曉得聲音是每個人與生俱來無可改變的。我並不生氣而是無法理解，不懂為什麼有人可以如此無禮，不懂為什麼有人會如此不明事理，也不懂為什麼人類文明演化幾千年了，還有人會無知到去發動人身攻擊。

時代與思想的演進飛快，再回想這個事件，我只覺得那位中年女性可憐，除了說話邏輯混亂無章、思想無法與時俱進以外，不曉得是否有情緒障礙？

我不會因為自己天生的相貌或條件感到抱歉或羞愧，如果有人看不慣或不喜歡，那是他的問題。與我無關。

我不會因生為自己而道歉，你也不必因生為自己而道歉。

歡迎光臨
我的心

我的心是一座旅館，於西元一九八九年一月九日落成，至今已有卅多年。

這裡有幾位長住的房客，一位愛情小說家、一個孩子、旅人、藝術家及老人。來，我帶你認識他們。

愛情小說家

從電梯出來以後，小心踩著絨毛地毯別摔跤了，角落這個邊間有我們旅館中最大的雙人床，這位房客是一位愛情小說家，三十多歲，據我知應該是單身，我從沒看過他帶任何一位伴侶回來過。

我曾在他的書中讀過這樣一段話——許多人說愛像火，小心觸碰小心照顧，或能將那股熱浪牽引，在心裡體會成為暖流，在愛之中沐浴一輩子。現在才明白，有些喜歡，不會長出愛；有些過去，注定沒有未來；有些記憶，其實更適合放在角落，讓灰塵堆積。

我問他：「你寫的愛情都很美很好，是你的親身經歷嗎？」他回答：「不，最好的愛情都是幻想出來的。」那麼大的雙人床，原來是寂寞的培養皿。幻想能讓喜歡接近真實。

他最新的一篇專欄說自己最近對於「單身」有不同的看法。

「我也對單身所延伸，一個人不必瞻前顧後、不必討好顧及的自由自在頗有盛讚。如同這時代探討的結果，應該好好愛自己多一點。不過，照顧自己久了，我逐漸發現自己開始對認識朋友、建立新的社交關係的過程，感到冗長拖沓又麻煩。是太習慣一個人了嗎？於是開始覺得要關照另一個人的狀態是討厭的事情？這對仍懷抱戀愛心情的人，應該不是一件好事。緋聞如風，戀愛困難，我想提醒自己，甘於寂寞，但不可習慣。」

在我看，他就是被傷過卻仍懷有純愛的孩子，可愛而珍貴。

旅人

接下來請各位走這邊，從邊間側樓梯上去，右轉第一間房間，這房間有我們旅館裡最大的全面落地窗，採光極佳，這房型養有許多觀葉植物，不過裡頭的房客時常不在，他是一位旅人。

我曾替他收過一張從曼谷寄來的明信片，當時正察看收件者是誰，不小心瞄到其中幾句，真讓我印象深刻，那上面寫著「只要甘願平凡，快樂就會比較容易」……

「砰」突然一聲，房門打開了，旅人拉著行李箱走出來，接著說：「只要你還記得我，我們就不會走散。」那是他寄給自己的明信片，情緒淡淡的。

旅人說他透過旅行收集故事，上一段結束的旅程，在南洋遇見逃難的漢族後裔廚師，對方告訴他「寒衣針線密，家信墨痕新。在南方出生的兒女不懂北方的風景，家族的明滅抑或是鄉愁，都放落花流水了。

但口味不會騙人，怎麼吃都是生命的滋味。」而接下來，他要搭火車環島，首站赴臺東，他說：「能對即將發生的擁有期待，真是幸福的事情。幸福是好好生活的感受、發現與證明。將生活過好的人，懂得保留快樂給自己，不會將問題麻煩留給他人，能擔責能照顧別人，努力生活適時休息。」有點哲思又有點像為自己自由且任性的人生提出辯解的意味。

他習慣與所有人維持有點稀薄的關係，最好能像剛醒的夢痕那樣新，不著痕跡便容易忘記，不必對某個地方深情。後會無期。

孩子

旅人房間向左數到第三間，門上除了房號還畫上了兩顆星星，這是「孩子」的房間。

這孩子與世界上其他所有的孩子一樣，以無邪的心靈做武器守望心田裡大面積種植的正義，看見路上不義之事會想協助伸張，遇上職場犯罪結構不願一起沉淪，總是不停與大人世界戰鬥拉扯。

別看他尚小，其實他是我們這旅館中事務最繁重之人。昨晚我才跟他在酒吧那聊天，他似乎是工作上受挫了，一杯可樂也讓他情緒激昂……

「有時候我們不惹塵埃，仍會遇到不愉快的事情來到面前。許多無法選擇的命運，許多無法選擇的人，總會不懷好意輕輕走進生活。這樣的時刻我總會想，為什麼要背負這種非因我而起的罪？為什麼我要忍受這種莫須有的罰！但我就是很相信人性，這種時候我還是會告訴自己，再努力一點，就有足夠的能力處理或遠離狗屁倒灶的事了。」

我想這孩子簡直是M體質……他繼續說：「大人的世界真是麻煩，以前常會覺得——學會不說話或是知道什麼該說、不該說——就是成為大人的過程，現在理解了，對許多事不發表意見，不起風浪不惹塵埃，其實是不想傷害任何人，希望自己能成為善良的人。但我們為了保全善之自我而推開了惡，其實也就同時推開包括善的一切可能了吧。這是很悲傷的事情。」當下聽完我都愣住了。

其實我們都曉得沒有人能夠一輩子只做孩子，跟人生有關的學習必須獨自完成。但他常向神祈禱長大後的自己心裡也住著一個孩子。

篤信純真的人，一天能忘一件悲傷。

來，各位前面的手扶梯搭半層樓，在那個玫瑰金鑲嵌粉紅寶石的水晶吊燈後方，有沒有看見一大片米色布幕？那後面其實有個房間，是我們唯一的天臺閣樓房型。

根據打掃阿姨回報，這個夏季晚上可以看見銀河的房間，時常有東西被摔碎之後沒有完全清潔乾淨的碎片，我們也常接到在這間房間正下方房間的客訴，說房內傳來毀天的憤怒或撕裂的哭聲。處理客訴的經理啐一聲罵：「真他媽的藝術家脾氣！」

起初我聽不懂，查了以後才明白就是說某一類型的人痴迷執著且多愁善感，但有敏銳觀察及創造精神，缺點就是脾氣很大。這位房客真是那樣的。

有一天我去請他降低音量不要影響到其他客人的時候，他跟我說「藝術的路不好走，容易陷在負面情緒的泥巴裡，我也是有些時候會用正向態度處理，但那不是因為秉性樂天知命，而是明白自己若沒有保持信念、緊握一直堅信著的方向，可能就會碎成一片片凜冬的雪。

那些時候選擇正面，其實不是相信成功，而僅僅是為了讓自己不淪陷而已。但我有時候就是那樣毀了，變成害你們被客訴的樣子，很抱歉。不被相信是正常的，所以要對相信自己的人抱持感激。真的很謝謝你。」

大約一年前，他曾邀請我去參加他在一家獨立書店內的創作展，創作的主題是「自己」。

喏，這是當時的展覽介紹手冊——

「你才是自己終生唯一的大事。」

照顧好自己，再去善待別人。這是一種無關自私與否的善意。我認為照顧好自己、以自己為中心出發，並不是要以個人主義的生活為目的，而是為了更融洽和平地進入團體社交的生活，必須做出的第一步。至少要認識自己，發現自己，欣賞自己，我們才能如實地與他人討論生活及生命，如果更好則創造自己。

你是誰？你想做什麼？你為了什麼活著？法國博物學家布豐曾說「人即風格」，即帶有了解自己的意味。請好好解剖自己。

相信自己，這是我們的責任。願我們為自己的感官奔赴，先是自己，才是其他。

我當時看完展覽，其實有一種說不出的感覺，好像隱隱知道他小時候缺乏了什麼樣的情感似的。據這位藝術家自己說，當時所有的作品都賣出去，只有一幅他覺得質感最優秀的作品〈自剖〉未售出，現在仍擱在房間裡面。

啥？你問我藝術家在不在噢？我記得他說要找靈感，飛去中南美洲參加什麼亡靈節了。

來，大家向後轉，我們搭電梯回一樓大廳。

很少有人知道旅館一樓的咖啡廳旁邊的棕色拱門也是一間房間，這是一間特設房。房客是一名老人，他經歷過許多事情，擁有我缺少的智慧，可以說是我的生命導師了。

你們看我的筆記本，這些都是每次跟他聊完天之後我所摘錄下來的話語——

一、日光不會只籠罩一人，春天歸來也不會只去一家。誰都可以看輕你，但你不能看輕自己。拂袖而去，天地俱在，人間清白，對得起自己是最難得的福氣。

二、時間也許可以治療生命中的許多傷痕，但關於思想及凝觀的誤差，那些讓人更加成熟的重要結點，不在時間的迴廊裡，其實長在自己的靈魂上。

三、人生某時某刻，做了當時所認為最重要的選擇，而必須放棄其他事情（我想我非常可以理解），每個人都希望生活有點石成金的一刻而不斷在生命的甬道奔跑著。

四、在一個眾生顛倒夢想的時代，人能擁有神性的願望，為他人想，大概是最美也最好的事。

五、所有的離開都是為了再回來。

噓——！你們別太大聲，現在是他老人家的午睡時間。我們移動腳步回大廳吧。

身為旅館的主人，我很慶幸自己許多時候都記得好好生活，在人生前面等著的某個日子，一定會想起把日子過好的自己，在某年某月的某一天發生的那件稀鬆平常或可愛好笑的事情——那是一件躺在記憶倉庫裡閃著金光的寶物。

謝謝各位來我的心裡參觀，希望你們也都能有一分關於生命或人生的懷想，祝福各位有美好的一天。後會有期。

人生的窗外

記得
有人愛著你

「他暴瘦，一七四公分只剩五十五公斤，整個人臉頰都凹陷進去了。」好友敘述與N多年不見的第一個感想是這句話，我決定儘快去臺南看看他。

二〇一一年，大四下學期，我才與N相識，對他的第一印象是「為人相當瀟脫」。他是位浪漫理智兼有、聰明得很明亮的男子，有自己的理想也有對世界的理想，許多事情都有自己獨家詮釋的答案，也總是嚴格要求自己。

那時我們恰好都住在士林的承德路四段附近，有時下課就相約一起去福港街外帶金仙滷肉飯去河堤，他會從家裡帶一罐小可樂配著，我則會從來時經過的連鎖超市買綠茶解膩。飯罷，兩個人就席地而坐讓陽光輕輕軟軟地摟著。四月春日裡，河堤上方的巨大天空是淡淡泛著白光的淺藍色，一種好像快要離開大氣層的顏色，我們坐在堤岸上聊天，沿著基隆河散步，在天地之間漫遊。

快畢業前的某一天晚上，我傳訊息問他：「要不要去臺東？」隔天早上我們就搭上了往東部的列車。我在列車上打電話，一家家詢問心儀的民宿當晚是否有空房，他讀著從網上列印下來的景點評論安排旅行路線。最終我們的旅程中遇上了知本的森林與山羌、臺東的生魚片及鐵花村樂團、鹿野高臺的午睡與縱谷迷人的空氣陽光，也認識了幾位溫暖得像昨日的記憶的人。這段旅程使我們能從旅行生活的細節裡，讀懂平常日子裡彼此無人知曉的微塵似的習慣與思想。

每個人的一生都會有一些微小的理想以為只能夠獨自品味，直至遇見能夠理解並願一起浸潤在那種理想之中的人，才會相信所謂的命運早已在不遠不近的所在等候多時。像在夜空萬千光點中指認出某一顆尚未被命名的星。

經歷這趟旅行後，我想，N於我大概就是這樣的存在。

這兩年，我們這群朋友都知道N的生命狀態似乎不是很好，因為遭遇到缺乏尊重、同理的雇主，使他開始自我懷疑，龐大的不信任感逐漸往他的內心侵蝕，不想此時又遇到 COVID-19 疫情悄然蔓延，生活價值簡直破碎得像街上的紙屑。我們與他相距島之兩端，僅能靠社群網路聯繫，但常常好幾個月同樣的一封訊息都未讀未回，電話號碼亦無人接聽，好友一汩汩憂心不由得湧起，臉色凝結如乾掉的泥一般地說：「好擔心他會想不開。」我聽了這句話，一顆心也差點溺死在擔憂裡了。

好在抵達臺南前，順利與N聯繫上，知道他在身心科固定看診，也找到一份喜歡的宵夜店時薪打工，並持續尋找合適的正職頭路。好像本來有些歪斜的人生軌道稍微擺正了前往未來應有的方向。

「你有沒有乖乖吃藥？」

「有啊，也都有乖乖回診。」

N騎摩托車來火車站接我。我在臺南微熱的風裡問他，他也在風裡回答，一股安心的燒暖迎面吹來，我在心裡忖著，我們的問答一定都能隨風翳入天聽吧，希望上天多眷顧我這位朋友。

摩托車停在臺南真善美戲院前，N幫我買好了票，去看《消失的情人節》。

故事講述一個男人默默愛著一個女人，為她做了許多貼心的事卻從未直接追求，直到女人發現自己生活中的順遂都來自於男人沉默的付出體貼，兩情相悅終成伴侶。奇幻寫實的電影最後一幕出現這幾個字——「你要好好愛自己，因為有人愛著你」，我內心震動，但不是因為我沒有好好愛自己，而是我想到身邊總是保持微笑的N。

我不知道他曾經度過多少無助的深邃的夜？不曉得他究竟遇上怎樣讓人撕心裂胏的職場生態？大雨落下的時候，不知道有沒有人關心他是否帶傘？獨自生病臥床的時候，是否曾經感覺自己被全世界遺棄？

我們這群朋友都愛著他，但不知道他是否愛自己？

不知道從什麼時候起，N的一雙眼變得像一座天體，將整個宇宙傾倒進去，有許多已知但有更多的，是未知。有些意念的光穿越了幾億光年距離浮現在他眼底，一旦開口想談什麼時他卻多半欲言又止，似乎那個光的起點，在光本身奔跑了幾億年終於抵達我們的雙眼時，早已在這中間過程化作星塵。

「我想，可能跟我媽有關。」有一天，N告訴我他高中時代的故事。雖然是第一志願的學生，卻因為母親精神疾病發作，讓他並不喜歡那個家，而累積的壓力使他無法專注在學業上。十七歲的少年孤單地承受那個年紀無法理解或體會的創傷，如今三十多歲的他卻也從自己的血液裡發現來自母親的遺傳。「有時候比較嚴重的時候，就會一整天起不來，失去對生活的感受及興趣。躺在床上的時候，眼淚會不知所以的一直落下來，有些會在臉頰乾涸，有些跌在手腕。但看過醫師之後，按時吃藥過生活，狀況好很多了。」他一邊思考一邊緩慢地說，仔細斟酌每一個詞字，輕輕笑著。

我常常覺得每個人的身上至少都有一條上天給予的原罪。N的原罪並非在他本身，也不是來自家庭。當他看著別人發生不幸也同樣感到悲傷，當他為了別人遭遇不義而憤恨不平，當他失望著離開那個缺乏某些功能的家時，他所感受到的沮喪、愧疚及罪惡感，其實都是因為與生俱來鑲嵌在靈魂裡的溫柔使他感到抱歉。這樣的溫柔相當易感，往往讓他既伏貼又刺痛。朋友們常會認為他太相信自己所認識的烏托邦，活了那麼久仍入世未深、不夠靠近塵市煙火乃至鑽牛角尖，但我始終認為，未被社會磨平稜角而持續以自己的信念看待世界的人，應該是這個高速奔跑的時代中罕有的珍貴心靈物種，雖然會因為與同樣明銳鋒利的生活廝磨碰撞而感到辛苦，但一般人與社會妥協後預設好的遺憾在他身上也就更少了一些，這樣想來也並無不對。理解他這樣溫柔的特質，我才發現這不是原罪，其實是神明給予這個世界極稀有的應許及祝福。

走出電影院，N送我回車站。空氣中有一股善良的氣味從他的髮尾朝四方暈染開來，無色亦無香。我知道他仍將以這樣的思想及身軀在他無法全然接受認同的世界中持續生長，像我們每一個人一樣。

列車發動時，臺南的天空有斜射的金色陽光跟紫紅色的雲霞流連徘徊。我傳了一條LINE給他——

「天空很美，記得看看。」

永遠是少年

認識一位新朋友。二十七歲，失怙失恃。

第一次見到他時，臉上掛著不像一般二十七歲的男性會有的純真的笑，從側臉看過去，像一隻出世未久的幼獸。

他引我從巷弄裡的小門穿進他家。我們坐在他家的客廳聊天，說是客廳，也僅是在偌大的洗石子地上放了一張床臺替代沙發，再置一張低矮小凳，比較靠近現代的布置，是牆面上一架為了省錢而沒有接線的液晶電視。昏暗的天色也不開燈。

「你說話可以大聲一點噢！」他眨著圓圓的眼睛提醒我，「我二姊剛去上班了。」我點點頭，將入夜即自動被轉低的音量扭回白晝。

「那其他家人在嗎？你父親呢？」

「我爸是榮民，老了，病死了。」

「那你媽呢？」

「我國三那年，她車禍過世了。我算是由我大姊照顧大的，她現在

夢見世界上的獨裁政權一夕垮台，夢見一羣白鴿往高高的天空飛去，夢到一頂桂冠頒給一位詩人，夢見一個男孩有著讓神眷顧的笑容。

已經嫁人了。」

說著這些話，他仍然帶著簡單的笑容，好像天生下來就如此這般似的，無怨亦無悔。但坐在他對面、自小家庭功能完整的我，內心的地層隱沒而震動，在情緒上幾乎要引發一次哀傷的極地海嘯。我極力做好臉部表情管理，表現不在乎似的，不希望讓他感覺到太多悲憐，深怕多餘的同理心反而傷了他的自尊。同時，我也嘗試想收束我身上瀰漫的濃厚幸福感。

我再次環顧他的家，偷偷想「大姊嫁了，二姊上班，這屋子再沒有人了。僅是一個四壁冰涼並且窮困的盒子。」但也是這個剎那，察覺到自己有這樣的意識，我卻又對這樣的自己升起一種起了邪念似的罪惡感。

「其實，我只想活到四十歲。」他話鋒突然一轉，定定看著我。

我接下他的話鋒問「四十歲？不會捨不得嗎？」再依自己生命經驗補上一句「我覺得你會改變」。

我想起自己二十歲也曾思考過「只要活到四十歲」這件事，但才過一年的二十一歲，我就發現若以四十歲之齡計算，人生僅剩十九年，在那之後便再也不曾有過這類的想法……畢竟擁有的一切，舉凡回憶、珍貴的感情及家人都越來越多了，我捨不得。但我沒告訴他我內心思忖的小小劇場。

「不會啊，為什麼？」他說。

「因為年歲增長，生命逐漸加厚，在人生的財富、記憶或是感情上，擁有的會愈來越多啊。」

他聽了說，「就是因為知道會擁有很多，所以才覺得四十歲夠了。」

還沒學會知足、勇敢與溫柔的我，半天說不出話。

夢見世界上的獨裁政權一夕垮台，夢見一羣白鴿往高高的天空飛去，夢到一頂桂冠頒給一位詩人，夢見一個男孩有著讓神眷顧的笑容。

曾有人與我講解《心經》。每個再造的新人都還是會歷經生命的衰老隕落——由無而有復成為無又生為有——如此循環往復，也就是說，無論在時間構築的甬道上離去或歸來，其實都是在向「本質」靠近。經文提到所謂「不垢不淨。不生不滅。不增不減。」，這些我們一般所理解的正向跟負面，也都因為僅是表象，均會開出生命的花結出「回歸於本質」的果，所以並無差別。

若以結果和起源論生命，從無到有又歸於無，這是絕對是沒有問題的。但對於那些活著的過程，若是太過灑脫，面對著三千世界，人間煙火，卻必須得遠離顛倒夢想，不能感情用事。這對尚未修道的我而言，實是辛苦。

但眼前二十七歲的他，雖然生活貧窮，但因為心靈善良乾淨如鏡，所以相當靠近本質了吧。

人必先飽食，才有多餘的心思去搞藝術去談自由去意想狂想妄想。我看著他清癯的臉，他在許多時刻給人一種自卑又膽怯的形象，為了存活於這個世界，遺失了天生做夢的資格，埋葬了幼時有點瘋狂的理想，更棄守了許多「自私一點也不為過」的念頭，但我卻無法實際給予他什麼。

我的「無法給予」並非吝嗇，而是未有足夠強大的思想支持去給予他言語上、心靈上的啟發或者慰藉，因此感到自身本來渺小似螻蟻，才曉得自己原來並不如所想的豐盛。而他身上因為簡單因為善良因為知命，不惹塵埃不起風浪，總透露一種純白又透明的清爽氣質，在他面前，我反而對自己所習慣的生命生活感到有些慚愧。

「你接下來有什麼打算嗎？」我問。

「我存了一筆錢，想在三十歲年齡限制前去澳洲打工度假。我已經看好了布里斯本的一個農場的職缺。」

夢見世界上的獨裁政權一夕垮台，夢見一羣白鴿往高高的天空飛去，夢到一頂桂冠頒給一位詩人，夢見一個男孩有著讓神眷顧的笑容。

「噢？真的假的？」

「真的呀，我現在很自由了。」他保持一貫的淺笑。

我忽然感覺到，原來他的側臉並不是出世未久的幼獸，而是一種接近神性的純粹的樣態。

這是多年前的故事了，我們已經失聯，不知他是否已經自澳歸國，或是在其他的遠方生活，但他就是消失在我的生命之中了。我想不起他家的位置，不過卻常常想起他和在他身上所發生的事情，我一直記得他說出「我現在很自由了」時的表情語調及精神狀態，彷彿已經超脫了自己肉身，與天上的父母親同在，但在當時卻又是那麼真實不欺且可親可愛的存在。此生難忘。

我嘗試整理跟他相處時所發生的一切，好像總是很難爲彼此這段情誼命名、為這兩個人的關係定錨，也就遲遲無法在這不算大的天地中，帶領我和他航向命運的終點。

那也就擱著吧，至少擱著就不會過去了。

人生一陣風一陣雨，好像總會雨過天晴似的。這是人性向陽的本能。但社會版新聞、見聞經驗卻常告訴我們這個世界真實的聲音，許多時候是殘酷如鐵的。倘以佛法道理方法觀看，一件事情的本身其實無有美好或糟糕之分，是我們賦予了評價、反應了情緒將自己置身其中。我們可以不是佛，我們因入世而存在，可以自由的選擇要以何種眼光理解一件事情，即便無法更動一件事情的因果，但我願意戴上玫瑰色的眼鏡去學習去接受去教導，無瑕也無邪，並給予萬事萬物相應的真誠祝福。

夢見世界上的獨裁政權一夕垮臺，夢見一羣白鴿往高高的天空飛去，夢到一頂桂冠頒給一位詩人，夢見一個男孩有著讓神眷顧的笑容。

夢見世界上的獨裁政權一夕垮台，夢見一羣白鴿往高高的天空飛去，夢到一頂桂冠頒給一位詩人，夢見一個男孩有著讓神眷顧的笑容。

當年他以自己的故事在我心裡植下一株小草，這幾年照看扶持，才發現原來是一株小樹。雖然我未能釐清這植株來自哪個界門綱目科屬種（或者其實並不重要），不知其名未知其意義，但我很喜歡這株小樹，誠心希望這株小樹能自我的心地汲取養分紮好了根基，輕輕慢慢但確實穩健的茁長，等哪一天，我能再想起，能認清了小樹的面目，再將他的故事種給別人家。

願他擁有自己的樣子，願他始終天清氣朗，願他永遠是少年。

黎太太

那天，她跟父親母親上了船，一夜未眠，黎明的光從船艙窗口照射進來，他們到達一個叫做「臺灣」的地方。父親告訴她，反攻大業完成前，暫且把這當家吧。

父親被上面分配工作，做局長，一家人跟著父親到小城市赴任。

入小學那天，她身後跟著兩位家僕，一位拎書包一位隨時幫忙擦鞋。沒有同學靠近她，她一直以為是自己長相不好看的緣故。一天放學，她注意到賣米店的女工姊姊被欺負，回家告訴了母親，極富正義感的母親隔日便到米店疏通此事，鄰里間俱是讚聲。她看著平日裡滿是溫婉的母親罕見的強悍，心中升起一股佩服。

不想，米店老闆與其他官夫人交好，事件傳出後，母親總覺得日常生活裡湧現諸多不順遂。

她的一位哥哥考上臺灣大學，另一位赴日攻讀東京大學，她不喜歡讀書，年紀到了便經過介紹認識了先生，「是愛嗎？我好像也不覺得，只是看他從鄉下來好像蠻可憐的，人也很老實，我就嫁他了。」那一年婚禮，黎家兩老不願讓女兒嫁入貧脊的農家，本希望女婿入贅，但她堅持要自己出嫁，父親母親雖心裡有氣，仍在市中心置辦了一塊土地給她做嫁妝。

幾年，丈夫出頭天考取律師執照，開一家律師事務所做罪與罰的生意。幾乎同時父親遭同黨誣陷，在獄中譜寫半年落難記，她央求律政專業的丈夫仍拿不得辦法，因背後權勢結構千絲萬縷早已固著如他們城裡的古牆。父親出獄那日，全家去迎接，但老人家什麼都沒說，隔了五日才召集家人鐵青色警告「我們黎家人不入官場、不碰政治」。

父親送的那塊地，她和丈夫四處借錢蓋了兩層樓房，又幾年胼手胝足，又幾度篳路藍縷，兩層樓房最終發育成五層樓房。

此時肚皮來傳通告，要生了。大女兒呱呱墜地時，街坊鄰里都來看，直說高鼻大眼，將來是美人。小美人在滋潤生活中長成，忽然有了弟弟，原來她輾轉替人照顧一男嬰，但男嬰生母卻在某日消弭無跡，養了幾日的孩子，精巧可愛，惹得她一池心水盡是憐憫，去法院辦了收養。

時光之河將她父親母親領往歷史的下游流去。大女兒已從美國學成歸國，係當時少見的女性工程師，嫁一位教授生養一女；小兒子自少年起即加入狐群狗黨，造亂滋事，好不容易為人父，心性移轉熟成。

年輕時讀過佛洛姆《愛的藝術》裡說：「愛主要是給予，而不是領受。一個人給予並不是為了領受，給予本身即是狂喜的。」她想，自己將半生交了出去，終無錯付，人生啊，總算得以撥雲開、見月明。

丈夫的事務所樓上整理成客廳及房間，她從父親那塊地的五樓厝搬出，將之整理成數間套房出租。

一位新到青年房客在臉書上發出貼文，「黎太太有一張並不鬆弛的臉，精明的眼線紋得很深，剪一頭時髦鮑伯短髮，說起話來很有力氣，每天都從一樓走到五樓巡水電廊燈，還幫房客倒垃圾，看不出已經八十歲了。」

是的，她每天會從住處騎摩托車來照顧父親給她的嫁妝，即便她已不年輕。

她似是和這位新到的房客很投緣，然而青年並不這樣想，他最初僅是心腸慈軟，不忍看老太太一把年紀還要搬梯子換燈泡，做照顧房子的諸多雜務。青年初來乍到，時常和她閒聊本地生活，久而久之，老太太房東與青年房客究竟成了忘年之友。

低溫特報的某天下午，冽然冷風篡奪了晴日的溫暖。青年穿戴整齊欲往影城兜去，才一開房門就看見她從大門拐了樓梯上來進行每日例檢。青年如常打了招呼，她兩隻眼睛看著他，榕樹果似的眼淚一串串擲地有聲。

老人的淚是世上難以招架的。青年擒住自己情緒沒有說話，實則整個人已然氤氳一股憂傷。

「我覺得好累，為什麼我要這麼辛苦？我老公下午拉了一地的屎尿，我先處理地板再拖著他去浴室清潔，他好重，我真的覺得好無助，每天照顧他，中午要去買便當，下午還要來看房子，我真的好累好累，我好無助。我的錢又被我女兒拿走，不能請幫傭。我好累。」

丈夫半生辛勞，走到人生邊上已經失能了。此時兒子正上班，女兒在附近用她賣掉臺北市老公寓賺得的錢所買下的嶄新豪宅始終不肯兩老踏入，還將兩老資產多數握在手中。一邊是無法避免的退化失能，一邊是家庭系統的失控失靈，長照的歌一旦唱起就不曾饒過誰。

青年知道說什麼都是徒勞，僅以斂首低眉之姿表達同情。

「對不起，實在不應該在你面前哭的，但我實在是承受很久了，一看到你就好像看到老朋友我就忍不住了。真的很歹勢。」她用手大力抹去頰上的淚，「唉，我以前也是千金小姐，現在怎麼是這個樣子？」

渺渺的言語融進冰冷空氣吹出一股悲涼，是一個沒有人盼望的明天。

時序信步入春，她在天臺看雲，青年則是將洗好的衣服取出在頂樓晾晒，初春陽光如泉，遍流世界，柔軟薰人。

她指著右前方一棟白色的龐大建築，說著日前曾有男人為討女人歡心，在旅館房間點燃蠟燭卻離開房間買宵夜而釀成火災。白色建築正前方是一幢日本時代的紅磚古蹟，她以前都覺得這棟建築醜陋，直到這位市長改變城市的設計，才越覺得好看。

青年倚著欄杆，聽著那些被時代藏起來的故事，原來都沒有不見。她父親當年戎馬八千里路雲和月，她如今作只天上流雲，命運中落，生活澆薄，過了也就過了，心仍是淳厚無欺的便好。

她像想起什麼似的，跟青年說「很多人知道我們是外省人就直接認為我們支持那個黨，但我爸爸實在是被害得很慘，沒想過會是自己人害自己人的。所以我們都支持另一個黨。你介紹的那個議員吼，又是你高中學長，我們一定歡迎。」

原來，青年的父親驟逝，他要搬回家陪伴母親，為了能夠拿回違約金又不讓老太太短少收入，已找好繼任房客。

青年告別時，天空又高又藍，他看著她騎著摩托車離開的微駝身影，在內心深處打開一個門，投下一盞熱烈的燈火，祝福她能夠深刻的愛己，在良好的品德之間，用生命感暈染另一個類似的善美的靈魂。

那天，對她和青年來說，都是人生裡的另一次——流水落花春去也，天上人間。

佛國

國民日常

「這裡除了成千上萬擁著金頂的佛塔和善良，另一個使人印象深刻的則是貧窮，讓人備感壓力的貧窮。」緬甸的倒數第二天，我在仰光旅館裡打開臉書寫下這段話。

幾天前，離開我們在山頂上有美麗風景的度假 Villa，要往西北方開車大約五十公里才會到我們下一個拜訪的地點，有千年歷史、萬座佛塔的旅行者聖地「蒲甘」。朋友的車高速行駛在有點顛簸的鄉間道路上，過眼的風景其實不算是太陌生，如同卅年前的臺灣鄉間的某個地方——有機車騎士右手肩上扛著兩三公尺的農用具神乎其技地馳騁；突然出現許多羸瘦的大牛小牛紛紛陳落在眼前的道路上；也有穿著白上衣、筒裙的學生或靜或鬧走過滿是塵土的歸家路。

習慣了的風景就叫做日常。

十二月是乾季，太陽當空，萬里無雲，行經一片乾旱莽原，遠遠路旁一棵喬木下蹲著一個人。我問緬甸朋友：「他是在幹嘛？賣東西嗎？還是想搭便車？」但朋友沒有答案。

因擔心發生意外，我們在靠近那人時放慢車速。那人的臉孔晒得非常黝黑，應該是附近農村裡的人，下半身穿著灰黑不清的筒裙，不曉得是否營養不良但看得出來非常瘦弱。車子靠近，他如同招呼一般，緩緩地將枯枝一般的手伸出來。我們交會時並沒有停下，朋友忖了忖說「應該是在乞討」。

在臺灣富足年代出生成長，見到此情此景，我無法用文字說明自己有多驚駭。更讓人驚訝的是，從他以後，一整條路十幾二十公里上出現了上百個這樣在路邊乞討的人。他們有白髮蒼蒼的老人，在車經過時想嘗試拄著枴杖站起來，卻看起來連那一點力氣都沒有了，又氣餒地坐回路邊；他們有學齡前的小童，帶著襁褓的弟妹蹲在乾涸的河床邊，學著大人伸長了小手；他們有青年女子，年輕但黝黑的臉孔，同樣瘦弱的四肢。

然而，緬甸給外國旅客的須知上寫著「給人魚吃，不如教人釣魚」也告訴大家要捐款應該捐給非營利組織或是社區協會。樸實善良的緬甸人有湖水似的透明眼眸，沈澱著黑泥似的現實生活中那殘忍又逼人的窮與苦。

隔天吃完午餐後想去唐人街看看，路過一個仰光街頭常見的街頭小吃，我好奇停下來。

「Mingalaba.（你好）」穿著籠基的老先生笑容可掬，用英文問他賣什麼，兩個人比手畫腳半日，我發覺自己仍無法準確接受他的訊息，但看一旁老太太開心地吃著一小杯綠豆湯似的甜品，我想應該就是那個吧。

五百元緬幣，大約十元臺幣，老先生拿一個裝好料的小杯子，裡面充滿了煮熟的白飯、類似粉粿、粿條的食物，上面覆蓋一小片白吐司遞給我。我們對彼此笑了一笑後，我拉一張凳子原地開吃。

這杯甜湯像西米露，只是更多甜料、湯汁更甜口，甜膩膩像熱戀的情人約會出現在眼前的那一刻。我一邊吃一邊想著，突然注意到老先生正在留意我的表情，好像他正在進行一場手藝的考試，只要得到我的笑容、看見我完食，他就通過測驗一樣。因此我毫無遲疑喝下整杯甜湯展現我的熱情，我們再次對彼此微笑，雙方都說了一聲「Jiesuba.（謝謝）」。

離開前問他能否拍一張照片，他點點頭，溫暖善良的笑容，像祖父也像父親。

另一個晚上，繞過曼德勒（又名瓦城）一百多年前，被英軍攻破的最後王朝所遺留下的皇宮，在路口右轉進舊城區的主要幹道走十五分鐘應該就可以到全球連鎖速食店了。我看著地圖指引覓食。

緬甸街道就像多年前的臺灣，並未給行人保留下太多的安全行走空間，有時候還會被從民家出牆的大樹擋住去路而被迫走上無論汽機車都相當快速的車道上。街道上快閃著七彩霓虹燈的店家招牌不知道用了什麼技術，無與倫比的刺眼，讓人一秒閃過拉斯維加斯的印象。此外路上也常常遇上很多遊蕩野犬，各種身型、毛色都有，狗狗髒兮兮的可愛笑容，光是躺著也能傳遞幸福的感覺給勞碌的人類。

下過雨的街道，有股厚重的腐朽混雜生物排泄物的惡臭緊緊箍住曼德勒車站，使得整幢大樓點綴在明亮的燈火仍讓我打心內萌生一種親近不得的距離感，但我仍是繞進去參觀。

剪票口附近有許多緬甸孩子席地而睡，婦人聊著天、看著天花板，等著不知何時出發的列車。

走出車站，看見一位面容黝黑的老嫗，頭蓋一條黑色帕巾、手上勾一個包，三個男人用聽不懂的語言對著她念念有詞。我記得這位剛才站在門口行乞的老婦人。三個男人的聲音越來越大聲，近似大人在罵孩子一樣，她一語不發，搖搖晃晃地站起來後，朝車站外馬路走去。

我才恍然發覺那些男人原來是在粗暴地驅趕她。

「滾！妳在這會影響我們做生意！」

「快走吧！這不是妳應該出現的地方！」

「觸霉頭！窮婆娘別在這乞討！」

我一邊猜想三個男人說了什麼，一邊看著那位老婦人以一種脆弱又堅強的狀態走在越見漆黑的瓦城路上。她望著前方的眼神似有一股聖人要被處死時的莊嚴感，無助是活生生的，她可能失去了所有，或者，她其實根本不曾擁有過什麼。我想著，如果她是主詞，那悲傷的受詞可能是她自己或是她的人生，生無可戀又不能隨便地死去，悲無可悲。

我不敢再多看她一眼，往我的方向繼續走，害怕自己過多憐憫會傷及一個人的尊嚴，但思維持續鼓譟，「這個國家的人都那麼窮了，為什麼還要這樣對待自己人呢？」另一個思想說「不知道別人的人生，不要急著替他悲傷或生氣。也許是這個國家的秩序就是這樣吧」。突然又想起了前幾天一整條路上的乞丐，想起了在神聖佛前賣畫的Chichi，想起了旅客須知裡說「在緬甸不要捐款，要捐款也不要給個人，請給非營利組織或社區」……然而，我的眼前就有這麼一位活在絕望世界的人，我想幫助她卻不知道怎麼協助。

有一種失敗感像一陣熱帶驟雨淋濕我全身。我從不知道，原來自己內心看似豐富厚實的善良仁慈，竟然是可以一點用處都沒有的，使我泫然欲泣。

緬甸信奉佛教為國教，即便人民生活水平不佳，佛像佛塔仍因信仰貼了滿滿金箔，所以有人稱緬甸為金色佛國。將原本就已相當稀薄的生活擠出一小片金色，期望生活改善，祈禱自由夢想，一旦人將希望寄託於神，不問此生只求來世，便是對真實世界已無能為力了。

駐緬甸臺北經濟文化辦事處資料顯示，二〇二〇年緬甸人均所得 1,305.8 美元，約臺幣 42,573 元，比許多臺灣人一個月收入還少。遠離闃暗的火車站，重又走進商圈，明亮嶄新的速食店，炸雞以獨家香料配方醃製，金黃酥脆又多汁，套餐僅臺灣半價，是許多緬甸人一輩子無法償還的味道。

佛國國民日常，是窮是苦，是善良純樸，是努力卻少收穫，因信仰而安慰而滿足，承平不過幾年又遇軍政府再起，那一方佛土是我最想不斷為之祈禱與祝福的。

站在佛前

「你從很遠的地方搭飛機來到這裡，你是高貴的，而我是低下的人。」女人在佛前對著我這麼說，使我的心裂成了一盞盞失色流星雨。

與朋友一起在緬甸蒲甘旅行。距我們從伊洛瓦底江畔的酒店退房還有兩個小時，一個人走到路口想參觀那座平原上驟起如城堡的潔白佛塔——高道帕林。

金色的陽光在嫩綠葉隙間閃動，輕輕拂面的季候風被寫在那裡面，鳥語啁啾，佛塔的土牆邊有幾隻小犬躺在路肩晒著時光。在巍峨的高道帕林旁，一座黃土色佛塔不知其名，像一位僧人躬身低調隱身樹林。我靠近觀看，細緻的雕花莖葉有著迷人的曲線，樓角的東南亞尖塔型裝飾莊嚴地站立著，不知不覺已經千年。

從側門進，只有光和風與我一起。

參觀了那麼多佛塔，早知道蒲甘的佛各有表情姿態，我抬頭想看看佛之面容，望見的卻是釋迦摩尼的背影，加之一股攖人氣味入侵鼻腔，暴衝而來的還有拍翅聲響，遠遠近近近遠遠，幾隻蝙蝠迅雷似從頂上摺過。些微詭異的念頭自我心深處翻山越嶺而來。

但為人生只有一次初見的緣分，我遠道而來，毫不怕生。

再拾步伐走到佛前，才赫然發現一名披頭散髮的女人坐在地上，兩隻眼睛緊緊箝著我。我心中警鈴大作，怨嘆自己為何不等朋友一起過來，但因擅表情管理，我先看了一下她的眼神表示善意，之後便盡可能閃避與她四目交接的任何可能。我調整出沉穩大方且從容節制的表情，雙手合十在佛前頂禮，請祂賜福我一趟旅程安然，愛我之人及我愛之人一生平安。

合十動作一鬆解，女人知我完成禮拜儀式，忙不迭衝到我面前開始推銷她的畫作。

蒲甘許多人為了討生活，會在佛寺裡外販賣畫作，據說是歐美非營利組織人士教導他們在顏料中加入伊洛瓦底江的沙，繪成緬甸生活、傳說中的多頭神象或是佛教故事這幾個相同的版型畫作賣給遊客。此前我已購入兩幅。

她拿出多頭神象及七日生肖神話，說要完成一幅畫可能要花一周的時間。我翻看她的畫作，好幾張尊貴的神佛五官居然是兩點一弧線☺……實在買不下去，於是告訴她我已在其他熱門佛塔買過畫了，不需要了。但，她仍持續在許多畫作之間翻猜能讓我喜歡的可能性。

本以為遇到瘋婦，不知原是賣畫娘，一開始急著想離開的心情自然鬆弛下來。我看著她——臉上胡亂塗滿如泥巴般「檀那卡」（Thanaka，以自然植物製成的緬甸國民美容聖品）、頭髮糾結盤纏如蛛網，身著破舊米白色羽絨衣——升起一種關於不同文化的好奇。

「我可以知道妳的名字嗎？」

「我叫做 Chichi，我姓 Mimichi 。」

我們以英文對話，我向她自我介紹告訴她我來自臺灣，我的故鄉大概距離這裡二千七百多公里。又問她去哪裡學畫以及學英文，Chichi 說她都是自學的，我問她：「為了活著？」她微笑點頭。她的笑讓我想起小學四年級被父母花錢送去學英文，為的是適應世界潮流成為國際人，但東南亞許多人自學英文是為了將自製產品銷售給更加富有的外國觀光客，為了明天的飲水今日的飯，為了活下來。

Chichi 又說她四十歲了，我好奇她的家人以及在蒲甘的生活。但她卻不停閃避話題，一下子回答自己沒搭過飛機，一下子又把臺灣誤會成泰國，本來的親切表情幾乎是全權交給慌張來接力，最後才用羞赧的側臉說自己仍是單身。

原來，不惑之年未婚又膝下無子，在緬甸似乎是沒臉見人的事情；但在臺灣，寧缺勿濫成為大人感情顯學，愛自己做自己更是這世代最重要的註腳。

我並不因人單身便產生其他思考，但 Chichi 的反應讓我知道自己不應該再問下去，我只能告訴她我也未婚，我們一樣。

這世界上許多大齡男子、女子都已經逐漸在傳統價值中找到本我及生活意義。也許緬甸傳統觀念有一日也能翻轉，使每個人都知曉活著的價值並不是家族延續的依存，而是關乎未來的自己，願你所願愛你所愛，每個人都能自在自信地演示自己。

聊到此處也要過時辰了，我打破自己的規則與 Chichi 挑了一幅緬甸七日生肖傳說畫作，建議她作畫時再細緻一些「畫神佛的表情，斂眉俯瞰能使人更感被眷顧」，我仍希望她的畫作能受到更多人賞識。畢竟，來到這個世界已經是沒辦法選擇的了，人生又總是不如預期，起碼任何努力生活的人都還是值得至少一次的開花結果，就像我們也都期待擁抱與認同一樣。

Chichi 忽然問我從事什麼工作，好奇臺灣與中國的關係，我則問更多緬甸生活的問題，一問一答烟燈談笑，好像相識很久的朋友。

握著畫，我準備離開，此時她忽然說：「你從很遠的地方搭飛機來到這裡，你是高貴的，而我是低下的人。」我一聽她陡然展現出的卑屈微小，內心一股哀憐由悲傷領軍，百味雜陳紛至沓來，摔碎在心上彷彿一盞盞失色流星雨。我整個人愣住了。

人間的層理，如此這般。

我感覺自己的生命經驗能與她共在一個頻率，但我已經離開卑微的自己很遠很遠了，於是我輕掩心內巨大的震懾，故作輕鬆告訴她：「我從臺灣飛過來，看見了這座佛塔於是走進來，遇見妳。以佛教來說即是因緣聚合，這些都是普通的日常，也是注定要發生的事情，並無所謂高貴或低下的分別。佛前，我們一樣都是人，就是這樣而已。」

Chichi 聽了之後，肩膀一鬆開心自在地笑了出來。

對，站在佛前，那樣子的我們並沒有區別。

朋友傳來一則訊息提醒我快要退房了，我將鈔票給她交換畫作，她再次露出了笑容，並多次道謝說這是她當天第一筆收入，是我送她的 lucky money。

要多幸運，才能在風塵以外，使兩個踩著不同拍子活在相異歷史文化的人，能居佛緣之間交換誠意。

我願相信 Chichi 是神的化身，與她談話能夠感染純白的純潔，當我以為自己盡可能善良的時候，她的存在提醒我自己擁有的卑鄙並會慚愧地低下頭。我向她鞠躬感謝這次的遇見，也感謝佛讓 Chichi 走進我的生命，即便我們彼此一生可能只有這二十分鐘相遇的福氣。

阿彬

二〇一六年首次赴吉隆坡，在大廳等我的是阿彬。他一看見我就露出排列整齊好看的牙齒，綿軟地笑著，給我一個像在說「好久不見」的擁抱，即便那是我們第一次見面。

步行至停車場，他堅持將我雙肩駝著的背包卸下來提著。上了他的車之後，我們直驅八打靈再也某處的巷弄間吃椰漿飯。深更半夜的街頭擺滿桌腳交叉成X字型的鐵製方桌，饕客聊天、廚人吆喝，人聲鼎沸宛如白日。阿彬用馬來文跟印度裔服務生交談，由蕉葉盛裝，切片小黃瓜、一點花生、帶點辣的醬料及白飯上置一隻酥脆的炸雞腿，簡單而美味的椰漿飯就上桌了。我好奇的東張西望，看食物也看這個多民族國家的人。結果我們開口只顧聊天，待食畢，月已過中天。

驅車回家。阿彬家在高級住宅區隔一條馬路對面的普通大樓，附近有新建工地，多國籍移工不少，龍蛇雜處，據稱治安不大好。繼續往他家去，電梯昏暗，走道無光，一幅鬼片中厲鬼登場的場景設計是他

倘若見面時僅剩冷漠，
那麼迴避也許也是愛的表現吧。

的生活。他家大門，以兩條手臂粗的鐵鍊交纏鎖著，我問「會不會太誇張了？」，他卻說「這樣比較安全，鄰居家有歹徒趁夜撬開大門的，歹徒還將人捆住，在他們面前搜刮財物後揚長而去。這樣的事情太多了，報警也沒有用。」

夜深了，他在客廳安置了床被給我，互道晚安。

隔天晨起才看清阿彬的家——兩房一廳兩衛一廚，還有一個小巧的陽臺望出去是馬來西亞南北大道。房內物件極少，顯得空間特大，客廳純白色的大牆上唯一的裝飾掛著漆金的佛陀側臉柚木雕，是印尼工藝，午後陽光從大窗進來晒著低眉淺笑的佛陀，比起神尊，祂更像是無處不在的朋友。

客廳有一臺電視，阿彬花了一番時間才將線路接上，為我這遠道而來亮起螢幕。白色的磁磚從裡至外打掃得一塵不染，有一個房間放折疊整齊的衣服，有一個房間裡面都是書，我取了沈從文的《邊城》躺在有陽光的地上翻讀。時間在他家如泉水流動，透明而沒有瑕疵。

晚餐在小印度用餐，我們與路上認識的兩位波蘭女子情侶共用一個餐桌。點好餐，聊起各自國家對於同性戀的態度。女孩們蹙眉抱怨傳統天主教社會對她們的箝制；我說，即使很多人無法理解，但臺灣有許多人正在為同婚平權的未來努力；阿彬對自己所處的伊斯蘭社會不置可否，多半沉默地聽著我們聊天。

隔幾日，阿彬帶我回他的老家，一個臨海種稻的可愛小漁村。他騎著打檔的小摩哆載我穿越金黃色的稻田，稻浪的深處就是海。晚霞繾綣雲彩勾纏，金色夕陽無語但有情，站在這樣龐大的美景前，好像會耗盡自己一生的運氣。

回家，我們與阿彬的父親相揪去吃晚餐。

倘若見面時僅剩冷漠，
那麼迴避也許也是愛的表現吧。

小村路大人少，馬六甲海峽的潮聲流遍了濃密的黑夜。村口一家海鮮餐廳像是黑海上的燈塔，我們像小船向光明駛去。雖只我仨，但阿彬仍點了一桌子海味珍饈，其中還有一大盤螃蟹。我呆了，忖著「哇，螃蟹，一大盤，八隻，若付不出來，我要留下來洗碗嗎？」阿彬看穿我的想法，說「你放心吧，這邊海鮮很便宜的，跟你們臺灣不一樣啦。」然後拿著金屬工具，卸下螃蟹鮮紅色的螯與足，再巧妙地翻開腹殼，將心打開，像照顧家人似的，將蟹肉蟹黃添進我的碗中。

阿彬的父親喝了一點小酒，微醺而削瘦的雙頰，有一股潮紅從黝黑的肌膚底層竄湧出來，淺棕色的眼瞳古老而深沉，少言寡語，僅在興致高漲時告訴我幾則小村的軼聞故事，多數時候都好像被神奪去了展現情緒的能力。

飯畢，阿彬父親先返家，我倆在寧謐的村裡悠遊晃蕩，我聽他講以前的舊事，心情很輕，像天上明月旁邊一朵不經心的雲。暖暖的南洋空氣穿過饜飽的喉頭，舒服的讓人昏昏欲睡。

有時覺得，阿彬像影子，擅長隱沒進人群但並不隨波逐流，將自己藏得很深，看得見，摸不透。感覺上，生活自在，世界之約束於他像去郊遊一般，有話但能選擇不說，只要能謙和悅人，便足夠他快樂。

阿彬家是用木板搭建的，看上去頗有歷史感，泛黃的天花板沁染了大海那一頭傳來的消息。在歐亞板塊及菲律賓海板塊交界處出生，我其實很難想像，房子居然可以用木板搭。不過，除此之外，一進門就是祖先廳堂通往各起居空間，這一點與我們所認識的傳統華人家庭並無二致。阿彬的父親坐在客廳昏黃的燈下看電視，我們只打了照面就進入客廳旁以組合板隔開的小臥房。我隱隱覺得阿彬與他的父親好像

倘若見面時僅剩冷漠，
那麼迴避也許也是愛的表現吧。

沒什麼話聊，彼此語氣冷淡，似有好難解的心結，但我從來沒有問他。

隔日食畢早點，為趕阿彬上下午班，我們匆匆返吉隆坡。

「伯父，不好意思，打擾了一個晚上。有空來臺灣走走，下次再見了。」老人家揮揮手，我啪一聲關上門，當時並不曉得此生再也見不到他了。

車又上高速公路，窗外是馬來西亞熱帶景緻，棕櫚為國家帶來巨大的財富，但一切看似都在燃燒。

倘若見面時僅剩冷漠，那麼迴避也許也是愛的表現吧。

認識阿彬這些年，我認為他是個對人間充滿懷想的人，他觀看人世的方式多情浪漫卻又節制。也許我這一輩子都不會知道他與他父親之間發生了什麼事，但從歲月的側臉看去，事實或許單薄、片面而尖銳，一旦擺渡過人間，時間的全貌會告訴你，沉積在心尖上的悔恨、執著及矛盾，可能，原來都是愛。

另一趟旅行，他駕車應我的許願去了太平。

太平，曾被當地人稱做雨城，位在怡保以北檳城以南，從吉隆坡出發幾個小時可抵太平湖。翠色的草地竹林，暈染得湖水一派嫩綠，湖上一個中式亭閣，碧波漣漪，晴日的景色剔透明亮，更讓人印象深刻的是此地難聞人聲，簡直不似人境。難怪有人以徐志摩〈再別康橋〉形容，「那榆蔭下的一潭，不是清泉，是天上虹；揉碎在浮藻間，沉澱著彩虹似的夢。」湖濱一條大道，好幾棵巨碩的雨豆樹萬葉遮天，我在那裡拍了好久的照片，沒想到也真的遇上了滂沱大雨。

我們在亭閣看著點點雨珠落進池裡，像看著記憶堆積。

倘若見面時僅剩冷漠，
那麼迴避也許也是愛的表現吧。

疫情期間，阿彬的父親過身了，當時只能透過網路寬慰他幾句，待二〇二三年始得再赴吉隆坡。

阿彬的伴侶長年在外工作，亦因疫情回到吉隆坡，這回陪著他一起來旅館找我。

「咦，是愛的緣故吧？」一向在我心目中像一縷薄紗影子的他，看起來立體而多彩，情緒及表情都很濃烈。我們在小印度的旅店外坐著聊天，窗外一片山雨欲來之勢。目送他倆離去，暴雨中的吉隆坡，看起來竟比其他時刻都美好許多。

二〇一〇年，大三那年，我在誠品書店士林文具門市買了一部底片相機，過起買底片沖洗照片的老派時光。將沖洗出來的照片儲存成電子檔，上傳到當時在攝影世界頗為出名的網路相簿 Flickr，興奮地認為自己的美感及相機製造的特殊顆粒將使世界心醉。那段日子也經常在

Flickr 的照片海中衝浪，結果有次忽然撞上一張達賴喇嘛的照片。藏傳佛教中，達賴喇嘛是觀世音菩薩的轉世，照片中他面容慈祥健康，雖透過網路觀看，卻仍能感受到穩重祥和如同大地的存在一般的光，沁人心神。

我在照片下留言什麼已經忘了，但我記得兩天後，一位自稱是報社攝影記者的人捎來回覆，他說他是住在馬來西亞的華人，可以叫他——阿彬。

倘若見面時僅剩冷漠，那麼迴避
也許也是愛的表現吧。

做一個你未來
也想遇見的人

金色的陽光從地平線抬高三十度角的方向射過來，粉紫的晚霞熨貼在橘紅色的天空，各種船隻行走河上發出紛亂而巨大的聲響，從鄉間來工作的人們離開一河之隔的首都準備回家。碼頭上西方遊客鱗次，我看著仰光河上活生生的世態，水茫茫的彼岸，霎時間真有旅遊書上金色佛國的感想出現腦中。

七十多歲的日本人大崛先生與我攀談，他是碼頭上另一個穿著乾淨簡單的亞洲臉孔。在他開口以前，我們打量彼此、猜測對方的國籍及身分，各自懷著一分旅人故事填滿胸臆無論如何都想找到一個與自己相似的人分享出去的心境。

知道我是臺灣人後，大崛先生很熱情的與我分享他在緬甸旅程中遇上的美好事情，我則告訴他自己在曼德勒通往蒲甘的路上看見的貧窮與善良，兩個人像分開旅行又重逢一樣，拿出照片在日暮河畔聊了起來。

要是能明白少年時攀閱過的萬水千山其實只是島中一現，也許更能直率地將誠實作為此生送給自己最好的禮物。

一點日文一點英文一點中文，他有時候會流露出一種迫切想分享卻找不到語言的神情——即使用表情轉譯也無法投遞想表達的訊息而感到焦急挫折的樣子，我總以為這種迫切而不得的失落只在年輕人身上才存在，直到大崛先生讓我曉得，人在每個年紀其實都存有少年的心。

他談到這次的旅行是一個人遊歷東南亞三個月，去過了寮國、泰國及越南，緬甸已經是最後一站了。他項前掛一臺單眼相機，將他所閱讀所凝視的世界都拾掇在裡面，他向我分享了某張照片裡的自己。

那個他在緬甸東部茵萊湖與神祕的長頸族村落女子生活了幾天，在白髮之齡終於一解年少時最想解答的祕密，長頸是怎麼造成的？他說自己多年宿願終於得償，好像接下來面對自己的年紀以及等在生命前頭的死亡時都可以更加寬容。我則告訴他，在蒲甘一座土地色的佛寺，遇上一位賣畫的貧窮緬甸女人 Mimichi 的故事。

「大崛先生總是一個人旅行嗎？」

「不是，其實都會和太太一起。」

「咦，那這次太太也一起來了嗎？」

「我太太前兩年過世了。」

「抱歉，很遺憾知道這件事情……」

「不，沒這回事，她一定是去了更美好的地方。而我現在也能夠隨心所欲去到想去的地方，這樣也很好。」

我在大崛先生身上發覺自己尚不能體會的人生，間隔著時間及空間，他身上有我不懂的苦待，但也是這些經驗使他身上出現一種剔透的光吧，好像能夠帶著他到任何地方都不矯情不慌忙，永遠年輕。

柔軟的月光現身我抬頭四十五度可直視的高度，河面映出一條銀帶，我們告別。

也是銀色的光，反射在她的臉上，她是民宿主人高奶奶。我們在民

要是能明白少年時攀閱過的萬水千山其實只是島中一現，也許更能直率地將誠實作為此生送給自己最好的禮物。

宿天臺看雨後的恆春。

南國半島的旅宿選項之多，獨留於此，其實是因為在 Airbnb 上讀到大量的評論都指出「主人是一位有氣質、見多識廣的親切老奶奶」，因好奇，訂了房。

民宿就在鬧區旁靜巷中。

當我一進入那幢白色建築就發覺「天花板挑好高啊」，奶奶一聞言便告訴了我一段地方歷史。她說，民宿以前是先生的醫院，早年物資匱乏，居民為謀生會砍掉綠樹以便種植瓊麻這種纖維經濟作物，瓊麻產業很興盛的時候，那個氣候乾燥到會流鼻血，先生為了病房通風散熱才把天花板拉那麼高。但現在不同了，還發明了冷氣，「沒想到五十年之間會變那麼多。」我也發出相同的喟嘆，同時心內卻又讚歎「真是一位有故事的老人家。」

奶奶領我進房間，又聊起以前的年代因為恆春離其他城鎮太遠，出入甚至都需步行一天這件勞苦的過去，一句「不像現在有車那麼方便」坐實了她歷史現場的目擊證人身分。

我們邊走邊聊，再去天臺看晒衣場位置。

推開一扇金屬門，偌大的晒衣場建立在側樓頂天臺，時間輕推，我們在天臺看綿綿的雨下在軟軟的城裡。

到恆春不下十次，多數時候感受到的是此地的硬氣與犀利，它坦白又直率地張開了臂膀，承納起降生或移居在半島的人們，迎來臺灣海峽的浪，以熱和晒供養他們。唯有此時站在奶奶身邊，我才第一次感覺此城之柔軟。

「我明天早上計劃去車城的那個海生館。」我說。奶奶一聽，向我聊起「車城」此名由來——「有兩種說法，第一、以前牡丹原住民與

要是能明白少年時攀閱過的萬水千山其實只是島中一現，也許更能直率地將誠實作為此生送給自己最好的禮物。

漢人起爭執時，漢人會聚攏牛車來防禦，遠看像一座城，所以叫做車城。第二、一樣是原漢之爭時，堆柴防禦如城，柴城、柴城，久而久之音轉為車城。」她又說「你看恆春城，它其實也是古代作戰用的，城垣較矮，你走上去會發現它很寬，馬車可以上去打仗。」我性喜參與歷史及文化故事，聽完雙眼都發起星星來了。

世事跌宕之年適合為未來堆積往事。聽奶奶說話，像參與她親眼見證的人生、家族故事與時代，感覺辛苦異常，回頭一看人生卻又是那麼幸福。

我很希望自己老後也能成為像奶奶那樣——走過人生各種艱辛挑戰，仍眼界開闊與時俱進，福慧都有而且親切自然的老人家。

退房時，我送給她兩張明信片，一張上頭寫著「這世界擁有你，是這世界的幸運」，這是我對奶奶的看法，然後將另一張的字輕聲唸給她聽「願你明天還是自己所愛的模樣」。

奶奶看著明信片定定回答「會的」。我深深深深相信，她真的會的。

人生賡續，在通過了神所設計的某一個關卡之後，許多決定似乎更可以依憑著心之所向，透徹而清白，不再分析利弊不必深埋真心，開門見山，求仁得仁。到那時，要是身上能長出更多溫柔亦甚好，也許能看懂他人眼裡隱隱的痛，要是能明白少年時攀閱過的萬水千山其實只是島中一現，也許更能直率地將誠實作為此生送給自己最好的禮物。

我記得曾在一場職涯會議上被提問：「未來想成為什麼樣的人？」

我雖已走過出生的啼哭，經過人情、社會及命運的淘洗，修正過調整過人生的走向及價值觀，但仍感覺自己僅是初識生命，於是戒慎恐懼，害怕過多的快樂會成煩惱而懂得節制。能在少年十五二十時，路過人生，瞥見一隅，沒錯過將人生活的閃閃發亮的大崛先生，還認識

要是能明白少年時攀閱過的萬水千山其實只是島中一現，也許更能直率地將誠實作為此生送給自己最好的禮物。

了將前半生苦果後半生甜嚐的高奶奶，真的就是被神明恩賜的事情吧。

未來想成為什麼樣的人呢？我想著兩位人生中的前輩，答案呼之欲出——做一個自己未來也想遇見的人。

在所有人事已非的景色裡，
我最討厭你

「生命中遇到的許多事情，可能來自於我們無法即時喊停整理腳步。有時候是害怕傷感情，有時候出於體貼，於是不願停下腳步檢視現下的狀態，『假裝一切都好』，進而導致問題如細胞增生，不滿之情層巒堆疊，原來好的都走壞了。也許有效的溝通是該在心上感覺不快時，就停止一切動作來討論彼此的感受及行為原因，只要對方對你真誠必會願意了解你的想法，反之不在意你的感受的人絕交也並不可惜。初次討論出現歧見或爭執也不要害怕，因為我們將會從一次次的溝通之中找到可以比肩行到水窮處的方式。」——我曾經是這樣想的，直到我了解在某些時候，這些只是自己的一廂情願。

仍在某大企業工作時，以為提出離職會讓主管與我之間的許多不快寫下句點，但才發覺那是「真正」不快的起點。

我以為自己只要謹守最初的分際，最後一個月安全下莊就好，每天將要處理的工作都小心辦理，但不曉得為什麼按照平時辦理方式處理的信件，開始了主管在雞蛋中挑骨頭的程序，有一封信甚至以加粗放大紅色的「你是豬嗎！」回覆，且除了辦公室表面上看不見的電子信件暴力之外，還有辦公室裡將我當空氣，那極其喧譁的無聲冷暴力。

我想大部分人都能同意，在待退的狀態下，「多一事不如少一事」是最好的，對吧？但當時的我不同意，深信「敢做敢當」的道理，理想的分界在我心中是不存在灰色地帶的。

離職倒數的最後五天，我將那些不堪入目的信件列印出來，約了主管的主管午餐，將所有我遭遇的不平一一述說，接著走人。

後來與仍在職的前同事們約會，得知那位主管行為收斂許多，囂張氣燄被滅了九分，低調行事了起來，不再藉故早退，上班時間留在座位上的時間也變成先前的兩倍。我替前同事們感到高興，他們不必再面對一個惡劣的主管，但對自己而言則是沒有類似打倒惡人的喜悅，因為從我離職生效的那天起，這個人就再也跟我沒有關係了，除了討厭的感覺，我不想再花一絲一毫力氣為一個自己毫不在乎的人做出任何反應。

這兩年，我也曾看著一位垂著眼尾以受害者視角向我訴苦的人，透過某些手段碾壓當時的對手之後，轉身變成了剷除異己、氣焰更加張狂的加害者。

將對手擊倒之後，他開始使用對方常用的圈套：在商業場上畫豐滿的大餅吸金、採過度膨脹的宣傳手法，一旦骨感的現實被揭穿後，開始刪留言、封鎖或踢出那些與他意見不合之人。與其對手比較，有過之而無不及的還有，面對消費者提問裝死，在私人社群發嘲諷消費者的言論等等。

許多曾與他共事的夥伴與我談及此事，所有人都看得心驚肉跳，說好的「不要成為自己討厭的大人」去哪裡了？怎會變得如此讓人生厭呢？

觀察到這樣的情狀之後，我停止了所有與他的合作。我希望透過自己的決定，能保護所有喜歡寫字公司的朋友。我讓我的選擇為我投票，至少這樣的責任我還是負得起的。

可嘆的是，他與政府單位合作創造的績效掩蓋了他面對消費者的不誠實，至今仍有許多單位搶著與他合作。一位朋友問「你不跟他合作，收入會少很多吧？」

從我的角度出發，只要足夠強大就不會只是被選擇的，而是具有選擇權的，我情願努力讓自己更加強大。另一方面，別人怎麼待人是他的事情，但我怎麼待人就是我自己的事了。我不想對自己保持的正義與公平失望，也不想要對自己感覺失態或失格，對得起自己真的是最最重要的。

再說一種我曾遇過的，也是許多人生命中可能出現過的一種類型。這種人會利用別人對自己的喜歡，即便不愛對方，卻無法放棄對方身上可以取得的利益，一副食之無味棄之可惜的心態，還嚷嚷著希望對方能成為自己一輩子的朋友。我知道感情世界的混蛋很多，但這種人真的是最讓人討厭的。

話說回來，為什麼會跟大家聊關於「討厭」的事呢？

寫字公司成立係為傳遞美好的事情，所以很單純的，極少言及負面的事情，即便有，也是認為大家可以透過宣洩負面能量之後重又回歸成一個好的人。

不過隨著我個人的成長，對許多事情越來越有定見，逐漸曉得「保持善良」跟「討厭一個人」並不會互相牴觸。我可以討厭一個人卻不做任何舉動，但若為了「善良」而必須忍讓、必須吃虧、必須放下自己心中的善惡，生命中恐怕也只會剩下鄉愿而已。想通了這件事情之後，我感覺自己內心的某個長期被凍結的地方開始融雪了，有冰涼沁爽的活水流出，以前對人性認識還不夠深的時候總告誡自己要原諒要放下要立地成佛，以為那些都是成長都是修行，經過這麼多年才明白，原來「討厭一個人」並不是罪惡的事情。

我們的文化推崇許多高尚的情操，要謙讓要體諒要以德報怨要以和為貴要維持表面的和平，但卻很少教導我們面對不平的時候如何為自己發聲，甚至沒有告訴我們情緒要往哪裡擱去。我時常在想這到底是對或錯？但，也許是對也是錯。

讀到這裡可能會產生誤解，更準確地說，不去傷害他人，只求讓自己的心可以自由地去選擇喜歡或討厭一個人，讓禮教的思想束縛鬆解開來，讓自己內心維持收弛的彈性，這才是我所認為最重要的事情——

原諒自己。

歌手張懸有句歌詞：「在所有人事已非的景色裡，我最喜歡你」，我唱著唱著想起了那位主管、那位加害者還有那個感情世界的討厭鬼，遂把歌詞唱成了：「在所有人事已非的景色裡，我最討厭你。」

從今天起，希望讀過這篇文章的你，也可以放心地對過去的不快大聲地說出自己心中的不平與不屑。

至於那些心靈的成長及超脫的理由，之後再說吧。

與緣分牽手散步

夜晚山頂上
明亮的十字架

車行國道三號經關西，密林中閃現一柱白光，定睛一看，是立在峰巔的十字架。

「以前是沒有光的。」她說。

首次看見十字架，是她年幼時跟著母親走往龍潭的路上。那是個視茶如金的年代，臺茶出口貿易暢盛，茶園主人常聘工人協助採茶。天尚未明，她就被媽媽喚醒，翻山越嶺走幾個小時去龍潭的丘陵地採茶。收入是以簍計算的，母女二人能獲得的並不多，但她不覺得辛苦，她知道媽媽比自己更辛苦。

第二回注意到那個十字架，她正在伙房後方的果樹下飼雞。母雞在柔軟的沙地上摩挲，欲驅除身上寄生蟲，不久前才從殼中孵育出的小雞，一隻隻明黃色小燈泡一串串啾啾在她身邊繞。忽然母親走出屋外對她大喊：「遽遽帶小雞仔轉來！」她還未及反應，眼前一個黑影俯衝，小雞慘叫，再看，一隻黑尾鷹迅速飛去，腳爪上攫著的那個黃色小東西沒了聲音。

母雞餘悸猶存，將雙翼展開裹覆自己的孩子。她看著越飛越遠的鷹，想到這就是生與死的時間距離，目光逐漸投射在遠方那個十字架，不知道什麼時候，母親的手輕輕搭在她的肩上，她感到無有可怕無比安心。

夏天赤著腳走來，端午節靠近了。她和兄弟姊妹幫著母親打粄粽，將白米磨碎和著水製成粄，包進炒香的碎菇蝦米，再放進蒸籠炊熟，這是她心目中最佳打開夏天的風味，能帶著一年一會的粄粽上學真是讓人無比興奮的事情。班上同學裡有家境較好的，帶來了糯米粽，她並不太在意，捧起媽媽的粄粽一口一口啃下去。

生活這種東西，富人有富人的過法，窮人也有自己的辦法。

一日，小學的校長在朝會說要去校外教學，她跟同學一起搭上公車，車行一小時左右，他們來到某個山下，鬱鬱蔥蔥的風景之中有一道天裂，被劈開之處有一尾溪汩汩流動，四周還有許多大卡車進進出出，他看到幾個戴著眼鏡的人指著一塊板子說話，幾百位打赤膊的工人如工蟻在日頭下勞動。老師說「這個被鑿開的山壁以後就是石門水庫了，是我們國家的命脈。」但她更關心現場那些金髮碧眼的洋人，每一個都像童話世界派來的使者，老師說了「這些人是工程師」。她聽不懂，沒關係，算了。

初中考高中時，哥哥已經在醫學院讀書，她也向爸媽表達想要繼續讀書的心願，但一直未改善的艱困家境已經讓雙親應接不暇，他們向她提出條件，「要考上師專」，事與願違，她考進農校的食品營養科。

三年過去，鳳凰花開落之後，她便和當時許多臺灣女性一樣走入工廠。雖然已經不多的收入中還要撥出一份給家裡，但她還是很慶幸自己終於長大了，也終於自由了。

她有一個交大的男朋友，這個男生是理工專才，她會在他實驗室外等他，兩個人再搭公車去新竹市區轉轉，美乃斯、城隍廟還有新竹公園都不是陌生的風景。有一天，男朋友興奮地抓著她的肩膀搖晃說：「妳跟我去美國吧！我拿到公費留學的資格了！」她一聽開心得不得了，窮了大半輩子，翻身的機會終於降臨了！「但是我不會說英文，而且美國我也不知道能不能習慣，還有爸媽怎麼辦……」為了不耽誤男生的大好前程，也為了不讓外國未知的一切干涉自己的心思，她決定放棄這位績優股，跟他分手了。

不過呢，大家都知道的，上帝為你關了一扇門，一定會為你開另一扇窗。

三十歲是能感覺到身體機能明顯改變的時候。她聽人介紹說龍潭有一間國術館功夫了得，治療身體技術一流，約著同事搭公車一齊來到，卻不想現場人如山海，輪她看診完畢時已然錯過末班公車的時間，同事因是本地人居然棄她不顧便回家了。天色漆黑，離家十五公里遠，隔天還要上班，正焦急著怎麼辦，一位眉目端正的男子向她搭話，她表明自己遇上困難，男子一聽英雄救美，自告奮勇送她。自那之後，她便常來龍潭國術館，他便常送她回關西。

她跟他結婚時，身上穿著借來的西式白紗禮服，雙頰上了白色粉底又施胭脂，攝影師喊她看鏡頭，一笑，雙眼都笑沒了。她明白，有些女人一輩子等的就是這一天，愛神總算是沒落下她。

人生裡注定有些時刻要讓遺憾瓜分。

人生裡注定有些時刻要讓遺憾瓜分。

懷胎十月，她的第一個孩子出世時便沒有了氣息。埋葬了孩子，再細數生辰，三個孩子陸續平安出生。為了一家生計，她跟丈夫緊抓著「臺灣錢淹腳目」時代的尾巴，任憑時代如何甩尾，兩人都不曾鬆手，卻也因此在送貨時遇上車禍。她腿部骨折，上了厚重的石膏，躺了好幾個月。

還好三個孩子爭氣，同時被選為班級模範生，她和丈夫喜上眉梢卻也不敢大意，持續栽培孩子，希望孩子不要跟自己一樣過苦日子。

孩子都入中學時，他們被信任的人倒會幾百萬，這些錢是夫妻倆花了許多血汗好不容易積攢下來的，原打算做孩子們的教育基金，卻一下子都沒了，無疑是生命中 Boss 級的關卡。有時以為選擇平凡是最好的路，卻仍被命運拋入深淵無法自拔。她跟丈夫商量，她說他們沒有時間多想了，只能戮力把錢賺回來，拚了幾年，終於重新嗅得春天的氣息。

她的花甲之年，原以為可以逐漸笑著看著後半生，這時丈夫的身體因長年勞力付出，逐漸顯出拋錨故障的樣子，她也是，家族的遺傳基因現出原形，老化帶來的病症開始如影隨形。所幸，她還能和丈夫彼此陪伴。

某個初春夜裡，丈夫不適急著去醫院急診，她跟著去住院陪病，從沒想過，神再也沒有給他時間回家。

丈夫留下了一個春天，她託河水帶走，直到抵達她的故鄉，那裡有一座高舉在山頂的十字架，她看了一輩子。

這天，孩子說訂了蔡琴演唱會的票，還要去臺北一〇一裡頭吃飯，她第一次要去這麼時髦的活動，盛裝打扮了一番。回程路上她沉沉睡去，車上音樂還在唱著「到如今年復一年，我不能停止懷念，懷念你，

夜晚山頂上明亮的十字架

懷念從前……」她迷迷糊糊跟著哼了幾聲。

「但願那海風再起，只為那浪花的手，恰似……」車行國道三號經關西，密林中閃現一柱白光，定睛一看，是立在峰巔的十字架。

我握著方向盤問她，「欸，媽，妳剛做夢噢？」

「不是夢，是我這一輩子。」她回答。

戀愛記

1

所謂的純情，是一生人大概只會有一次的事情。

2

「為什麼你總是無所畏懼的樣子？」
「為什麼你看起來充滿自信？」
「為什麼你可以表現的那麼溫柔？」
「為什麼你的文字充滿愛的感覺？」
把重要的人都收進心裡，想到他們的時候，就會溢出許多與愛有關的靈感。

3

剛剛好愛人，也被愛。

你是這世界給我最仁慈的答覆。當我以為自己的孤單與寂寞是無解的天問，你便朝著我走來。我們相視沒有說話，卻都感覺世界清爽而明亮。

你是即將升起的清晨太陽，是天黑後的第一顆星，是遠方的浪拍擊我的島，是季節的手推動時光，是島上的山讓森林生長。你是比天使更溫暖的善良，是維納斯誕生的磁場，是剖開朝代永遠流傳的古典詩，是神的應許賜給我的憂傷。

你的愛，毫無疑問地，是世界給你最稀有的禮物。你那麼好，是我害怕錯過的好，也是我害怕世界會錯過的好。無論你愛不愛我，請記得將愛給出去。

4

那天，眾人眼光如箭落在你的身上，我傷心極了，因為那都是無聲的責難。我無法替你說什麼，畢竟這個世界上的所有恐懼來自未知及無知，面對這些人的情緒我們解釋也是徒勞無功。

「我們沒有錯，我們什麼都不必解釋。」你說你沒事，我卻看著你幾乎要把頭埋進手機裡躲藏。我什麼都沒有說，把手伸過去緊緊握著你。

我想代替你承受那些你把頭低得不能再低的時刻，我想代替你去受那些莫須有的罪名，我想代替你成為你面對世界所有惡意指向你時的影子。

「這個世界幾千年前就是這樣子了，只是它用什麼樣的方式重回天空、重回大地或深海，這也只是地球歷史上的一千零一夜而已。」你怔怔說出這段話。

「如果是這樣，那我想跟你一起去更光明的地方。」我說，我整個通紅又熱烈的內心都是這麼想的，像那天一起看的沉入大海的夕陽一樣不假。

「在所有我想成為的人之中，我最想成為你每天醒來都想再次見到的人。」

5

愛上一個人之後，一日就是一生。

這幾年戀愛，沒了年輕的任性，曉得珍惜，所以把每一天都當成最後一天去愛你。

6

願你在一段關係裡學著成熟，而非，忍受。

有的人如同遠山，看得見看不透。有的人像流水，看得透卻也難知道多深。也許我們都應該曉得，很多時候可以獨自歸去，不必與誰一同進退。知道愛跟能夠愛，是兩件事情。

7

「世界上沒有真愛，也沒有假愛。只有愛，以及不愛，如此而已。」

——張曼娟《愛一個人》

明白這個世界上只有「愛」以及「不愛」之後，人生一定會少一些糾結。

瞬間悸動雖然美好，但持續的愛是最難的，一旦知道愛正在流失，要記得愛不是一個人付出就能換來結果的，另一個人也有心一起努力才行。不勒索不任性的人才能讓愛走得莫失莫忘、走得風雨同舟、走得可親可愛。

「愛是藏不住的，就像不愛是裝不來的。」

——張曼娟《愛一個人》

每個人都曉得因無愛而分離是很正確的事情，卻有許多人無法說服自己，於是這一生都在惋惜。對我來說，知道自己還深深在乎一個不愛自己的人，是比闇夜更深更沉的惡夢。

寧可看著他愛上別人，也不要自己將愛錯誤地死心塌地。

不愛並不可惜，與其愛著沒有愛的人，不如學習完整收斂自己再交付給另一個愛得起的人。能夠活著的日子不長，是那麼珍貴，拿得起而放得下，做一個人間表率，才不要因為「不甘心」或「捨不得」浪費自己的時間。

8

也許有一天，你會發現你生命中的另一半根本不存在，你只需要照顧好自己的內在，並沒有另一個相似的靈魂在等待你。

也許有一天，你終於承認自己一個人比較快樂，「找一個真正愛彼此的人相偕到老」已經被排除在死前必做的名單。

也許有一天真的到來的時候，希望你生命中的時時刻刻都是良辰美景，希望你遇上的朋友都有你最愛看的姿態，希望你有一個只屬於自己裡面的信仰，希望你已經有過完單身一輩子的自信以及，勇氣。

9

「分手很久了，終於逼自己整理他的東西，看著他留下的襪子我上次親手洗過了，我的夜燈上還有他某一年親手剪下的剪紙寫著平安，在網路上買給他的內褲連包裝都沒拆靜靜地斜倚衣櫃角落，真的不知道該怎麼辦。」他繼續說：「這些東西都像是青春的遺物，毫無作用卻值得用生命保護和收藏。」

我看著已經分手十年的他，睫毛垂的低低的，像在躲避什麼的眼光黯淡好幾年了。

我好想告訴他，「其實那些東西或是他，都不是你青春的遺物。你，才是自己青春的遺物啊。」

遺失的那個美麗的你什麼時候才能回來呢？

10

偶遇。

他說，我跟他是「春有百花秋有月」那樣的關係的人。與前任復合、比年輕時更珍惜彼此的他，看上去比過去的任何時候都好。

「在這裡遇到你很開心」，他說。

「怎麼突然說這種看起來言不由衷的話？」我回答。

他便什麼都不再說了。

人有時候很敏感，聽過很真的話，就能夠直覺地辨識哪些句子只是

「為了說」而說的，更可以分析出這段語言之中的真心占了多少百分比。

春花秋月早已了，多少往事又怎樣。但我的內心某個部分啊，聽見他尋常招呼說的如不帶感情溫度的 Google 機器人語音，還是不免有些傷心。

事實上，一旦真心用盡之後，不管對方說什麼，聽起來都是「我不愛你了」。

11

朋友結婚的時候，大家忽然被現場的結婚紀錄要求錄了一段話給他。

同桌的人熱情地說「新婚快樂！」像迅速升高的費洛蒙煙火，也像高腳杯裡即將被飲下的濃醇紅酒，讓人雀躍而快樂。

麥克風遞到我手之前，我想了一下，然後說「愛是日常，過好每一個日常。」

婚姻是無止境的責任與義務，生活是無止境的情緒及溝通，日常是無止境的喜歡跟討厭，若一下子困在某個情狀之中，明明很熱烈的愛很容易就被辜負了。

所以我希望他記得自己是怎麼愛上一個人的，並將他給的愛當作日常，在有生之年，無止境的給下去。

12

希望你還過著我所知道的人生。

希望你還是因日光而晨起，上班前有充裕的時間喝完一杯奶茶，能在捷運上找到靠窗位置，開業務會議的時候能從大樓的玻璃帷幕看見青空下的秋日紅葉。

希望你回家之後還有時間發呆，運動公園的器材永遠在等你，汗濕的時候用鐵灰色的毛巾擦去濕透的身體，洗澡後仍有一樣髮香，腳踝透著溫潤的光澤。

希望你坐在電腦前加班時替自己沏一杯茶，睡前看一束粉色桔梗開花。

希望你不再夢到我，即使我還是希望你過著我認識的人生。讓我自私地感覺心安理得，在放下之後，給自己寬容之後，我還是記得留了一分純情給其他人。

13

曾經一個人在飛機上，看著一朵朵巨大的雲想著，到底愛情該是什麼樣子的呢？

回想吵架的過程之後，看著手機裡有個可愛笑容的兩個人如今分道揚鑣，只是為著一些小問題。

本來藏在雲間的光突然破空，太陽要結束營業了。

「對啊，其實好像什麼事情都會有開始就有結束的。不過，總是因為生活都能順著自己的意思走，一旦遇到不順遂的事情時就非要達成自己目的的任性，其實一點都不應該放在任何一種感情裡吧，無論親情、愛情或友情，每一個都有自己的意念跟思考的，根本不應該認為對方一定要做到什麼才對。」一邊這麼想的時候對身邊的所有人都充滿了歉意。

另外，在愛的裡面還能夠照顧好自己，不產生過多的依賴、不失去單身時所擁有的各種堅持，真的是很重要而珍貴的事情呢。

就像天體或自然界裡的規則，人們也都依循著一種默契，大概就是因為一向都這樣運行的，這個世界裡的大家才能過地如此順利。

今天是昨天的明天，明天也會變成昨天。但關於「喜歡」這件事情，一輩子的初衷永遠不會改變。
謝謝你愛我，今天也辛苦了，晚安。

春色滿園
關不住

那個讓我寫出「我有你　世界怎樣都可愛」的人就這樣消失了。

Messenger 裡躺著的最後一封留言，是預祝我生日快樂。那時我還氣他不記得我生日的正確日期。現在回想，我早已經忘記他的生日了，連月分也記不起來。

認識他的時候，我們彼此的靈魂節奏非常合拍，相處時的兩人粉紅色泡泡裹覆，熱情沉靜而壓抑，但因為國之距離、觀念差異，我們彼此都極有默契的感到這段關係是「緣淺情深」而已，再怎麼喜歡都不會有結果——儘管這幾年我們都還牽掛著對方。

但他就是這樣消失了。

當一個人不見的時候，你才會知道他對你多重要。

我開始想，會不會是新冠疫情帶走了他？會不會是車禍意外帶走了

我不喜歡祕密，
但我喜歡與你之間有祕密。

他？會不會是他找到共度一生的伴侶了？會不會是？會不會是。

昨夜我躺在床上夜不成眠，我很害怕他已經不在這個世界上了，甚至更糟的是，我沒有辦法求證。

此時此刻，我很想告訴他：「這一生都留給你，好不好？」

那年春天，我從北京帶回一本豐子愷的集子，書名《你若愛，生活哪裡都可愛》。我想著他，腦中大海忽然一陣暖風吹過，一句話如小島浮現——「我有你　世界怎樣都可愛。」十足熱戀心態。

我們的初次見面，約定去散步。

「去哪呢？」

「我想去國子監雍和宮那一帶。我是觀光客，還沒去過。」

……

回覆之後半晌無人回應，手機再傳訊息聲，打開見一圖片，藍色筆跡隨意寫在張便條紙上——

申请书

张晓 申请陪同 旭 于２〇×〇年３月28日

前往参观北京雍和宫，敬请批准核示

２〇×〇年３月27日

我不喜歡祕密，
但我喜歡與你之間有祕密。

「老天，這傢伙可愛死了。」我內心發出高分貝尖叫，急把那張圖截了下來，用食指在上面寫了一個「准」字回傳給他，從此，沒想過讓在他生命中離開。

東風來信的北京，小橋流水，遍山野花，春色滿園奈何都關不住，城中飛紅也飛絮。光景一時新，我穿上英倫品牌深灰上衣，不與春爭。地鐵轉乘，步行片刻，高緯度的陽光是途中同行好友。因為有人等我，我感覺自己內心幾陣小雨潤如酥。而終於與他一見，竟有本人高於想像的好感，心上小地豢養的小鹿不知撞死幾頭。

雍和宮，大清帝國流傳下來的藏傳佛教寺廟。我在主殿佛像前雙手合十敬拜，念念有詞心有靈應。他問我都祈求什麼，我說「我要我生命中重要的人都能得到神明的護佑，每次旅外拜廟，我都會將爺爺奶奶爸爸媽媽哥哥妹妹還有狗，另及我愛的人和愛我的人，都唸進禱詞中，最後才是自己旅途平安。從敦煌到曼谷，沖繩或蒲甘，全都一樣。」

他聽完一問：「那我呢？」

「那他呢？」我自問，遂雙手合十閉上眼睛作禱告狀。他隨我，也閉上雙眼祝禱。我偷看他，祈禱他許下的願望與我的一樣。

他介紹自己，說他在紫禁城中軸線前門大街上一家酒吧工作，長成於濟南，隨後補一句「大明湖畔可沒有夏雨荷」……我忖「咦，他怎麼知道我想說什麼？」還沒開口的無聊提問竟讓他先破了。

未說出口的念頭，被另一個靈魂解答，實是天造地設的難得。春色無際，擲柳遷喬太有情。

返臺前一天下午，他帶了一塊蛋糕來旅店找我。

「怎了？為什麼帶蛋糕？」

「你的过去我都没能碰上，未来我们也不知在哪，这蛋糕先给你明年生日。生日快乐。」

我不喜歡祕密，
但我喜歡與你之間有祕密。

那是我第一次沒在自己的生日月分過生日，但能使我多年後回想，仍對緣分之神抱持盪氣迴腸驚心動魄的深厚謝意。

幾個月後，他便如自己所敘述的無法忍受遠距離，我們在意料之中分道揚鑣。我心孤寂悵然若失，像他斷線的ＶＰＮ，或是社群軟體上一句無人回覆的話語。

幾年前，他負笈曼谷，曾告訴我宿舍空間頗大可去找他借住，但我正忙於一年期的工作專案，拿假困難，最終從未出發。而他曾想借道泰國學生簽證來臺的方式，亦未能達成。分手之後，我們只能一直維持著臉書 Messenger 上聊天的網友關係。

對我而言，更不幸的是臉書非他主要使用的社群媒體，沒什麼事情很少上線，一年三次偶爾想起我才神出鬼沒。也是在這其中，我亦隱隱感覺彼此在思想光譜上站立的位置越來越不同，為這段關係微感不安。二〇二〇新冠疫情爆發，看著中國疫情燃燒卻總沒有他的消息，我發覺僅能隔海擔憂的自己，面對天意，真是沒用。

疫情之火燒到熄滅那日整整三年餘。地球加速暖化使春天縮短停留人世的時間，夏天很快遞補上來，張開火之大傘。

「想做你一輩子朋友，就不會分手了。」我留言給他，他在某個深夜回覆一個表情，復又沉沒了下去。我告訴自己——這樣就夠了，知道他還活著就夠了。

學生時期背誦唐代李煜〈清平樂・別來春半〉同樣描寫春天，但寄情於景——

別來春半，觸目柔腸斷。砌下落梅如雪亂，拂了一身還滿。
雁來音信無憑，路遙歸夢難成。離恨恰如春草，更行更遠還生。

我不喜歡祕密，
但我喜歡與你之間有祕密。

如今曉得，最好的愛，是記得初見時的彼此。

到底當年是春天太美，奈何沒關住滿園春色，讓彼此恣意浸泡於濃稠的愛意之中。此刻浮於俗事的我們，不再受到緣分神明的青睞，各自流轉在不同的臉色之間，逾越情誡，耽湎色誡。

「但，人生沒有遇見會比較好嗎？」

不隨便狂熱，不迷信崇拜。分手時的痛感並不是過分幻想的一廂情願，是知道愛而不能愛的不捨，是知道細水未能長流的乾涸渴望，是知道即便熬上三生三世也難得一遇卻遇見了，何況，亦沒有人能肯定與誰死生不復見的。

有時回應，有時無聲，人且有愛而能給出去，終究是極其幸福之事。

「我覺得我有一些自己留在你那裡。」

「那你拿走。我觉着我很渣，可能对待感情没有之前那么忠贞了，也没有像以前那样专一。」

「因爲純情過了，你給我了。」

「浪费了，我的纯情。」

一起的路，雖走著走著就岔了遠了，但我們都抵達了更光明的所在，惦念著彼此。

那天春天的北京，是我至今最喜歡的故事。

我不喜歡祕密，但我喜歡與你之間有祕密。

被愛傷害是因為

相信愛

與朋友Ｙ餐敘聊起感情事，他淡淡地說，「我覺得許多感情都是圈套，每一次暈船下去都是一次大膽假設，但真正的愛情，一定要小心求證。」Ｙ是一位對關係保持謹慎的人，擅長保守祕密。

其實Ｙ曾遇過好幾位曖昧，當時的他常會將自己的興奮之情掛在臉上，我們一問，他的眉眼就都笑彎了，天真直率是上天賜給他此生的寶藏，藏得住別人的祕密而藏不住自己的祕密。

Ｙ大學時守身如玉，誓言獨將身體給珍愛的人。雖然大學那幾年沒見過他談上戀愛，但畢業後桃花灼灼，追求者眾，他一次次都將真心給了出去。

第一個曖昧對象在社群平臺上聊天超過半年，幾次約會下來，對方親密小動作不斷，在深夜的荷花池畔牽他的手散步，也在捷運車廂內靠近他耳畔說一些戀愛情色的事情，Ｙ受不了調情，靈魂輕飄飄的，內心認定這個人即將就是他的初戀。直到最後一次約會，對方告訴他「其

被愛傷害的人，總之是愛過了，才甘心祝福世界上的每個人，願你伸出手都有人牽。

實我已經有另一半了」，在他額頭上輕吻一下便不再出現在他生命中。Ｙ說他隔天騎了一天的車，沒有目的一直騎，邊騎邊哭，耳機裡聽失戀的歌曲，「在你心裡，我也許是你輕快的遊戲」，女歌手寫的詞是一把緩慢而輕軟的刀刺進他的心……直到天色灰藍將晚，他才決定向昨天及傷害他的一切告別。

多年後他回想這段關係，曾直言「唯一可幸的是，心魂雖被占領，還好身體沒有。」

第二位曖昧對象是曾經的大學同學，畢業多年在臺北偶遇才互表情誼，他以為這樣的失而復得更顯珍貴而愈加珍惜。兩人經常聚餐電影，偶爾也會去逛逛家居賣場尋找生活靈感，十足小資風情的戀愛。Ｙ生日那天，對象為他慶生，酒酣耳熱肉體交纏。隔天曖昧對象送Ｙ去上班，才告訴Ｙ自己有一個交往很久的對象。Ｙ的世界又粉碎了。

Y痛定思痛，只要感受到對方有曖昧的心意而自己也喜歡時，一定先問對方是否單身，然後持續守護自己的身體直到兩人互相確認感情。

這次餐聚前，聽說Y認識一位銀行理專。他們一起去爬山看海、逛街晚餐，當然也去逛傢俱賣場，冬天泡溫泉。雖理專三番兩次床上尋歡都被他拒絕，但兩人依舊經常約會。半年過去了，Y越發覺得雙方情感深篤，覺得就是他了，於是將身體交給對方。卻沒料想魚水之歡後，理專竟越發冷淡，約會時三番兩次說教似挑剔Y的消費習慣，Y忍無可忍告訴理專「我賺的錢我自己決定怎麼花」，兩人不歡而散。

「最慘的是，我因為他缺業績辦了一張超級難用的信用卡。」Y翻了一個極致的白眼，然後拿出那張信用卡走向櫃檯為我們埋單。原來理專還另有目的。

被愛傷害的人是因為相信愛，相信愛人會給予恆久不變的專一與疼愛，相信自己在對方眼中是天下無雙的存在。

被愛傷害的人，總之是愛過了，才甘心祝福世界上的每個人，願你伸出手都有人牽。

同桌另一位好友F將自己正在醞釀的一場戀愛攤牌。

「我現在遇到的人跟我的價值觀、消費行為都好像，我們很聊得來，他真的太難得了，雖然他還忘不掉他前任……但即便他是個明晃晃又大剌剌的圈套，我也覺得他一定是一個值得落入的圈套。」

我默默地想，「原來這世界上還有值得落入的圈套啊？」未置可否。

另一位朋友的經驗更加慘痛，在海外求學時認識了那個國家的男友，婚後兩人定居海外，我們多以臉書聯繫及關照彼此生活，最初她的婚姻生活在社群上如燃燒正盛的蠟燭，但不曉得哪時候開始居然一逕熄滅了下去。沒有人知道她身處何方、過何種生活。

幾年前得知她已經離婚，悄然返臺，低調謀生。又輾轉聽說，原來當時那個看似斯文的男人居然是家暴慣犯。嗚呼哀哉。

她不再相信愛情，戒慎恐懼，「再如何沒有愛情，我也有自己。」每周花藝課、咖啡師品酒師課程排滿，攀岩潛水也是她心頭大好。哪知天雷地火暗通款曲，最後懷上了品酒課老師的孩子。

但，比起她，品酒師更在意自己的業界形象，嘴上說自己愛她、會負責任，卻多次要求她拿掉孩子。跟醫院約好的周末，他竟託辭工作沒有出現陪伴，她從手術室被推出來的那一刻，幾個閨蜜都不捨她的委屈哭了。

被愛傷害的人是因為相信愛，相信愛會為困乏的生命帶來救贖，相信愛會讓自己變成更好的人，相信愛無論如何都會走過萬水千山，在星光閃爍的時候帶來完整的和平。相信在愛情中的自己。

F上一次分手時，我想起曾經見過他的另一半。

當時F說「好像遺失自己了」。與對方一起之後，性格也逐漸相同，

被愛傷害的人，總之是愛過了，才甘心祝福世界上的每個人，願你伸出手都有人牽。

興趣也類似，甚至連笑聲都被感染了。於是離開一個人之後，連原本的自己也不見了。

「他才沒那麼厲害咧。」我說，「只要做你喜歡的事情，那個自我又會漸漸顯影出來的。」

被愛傷害的人都是因為相信愛，因為相信愛所以願接受愛所帶來的甘美及負擔，但無論如何，不可以忘記自己的樣子，不可以對不起自己，不可以喜歡一個人到苦待自己。

單身時，我們可以避開城市人海，在浪潮迴旋之處駐足，離岸離群離別，可以只住在自己內心，看星星墜落而不懼，獨自追尋光落下的痕跡，可以將此生夢想鑲嵌在生命裡。可以翻開一疊日光，閱讀光譜的切面，找最好的角度，將別人的偏見都攤平晒乾，半生的滋味都保留。

倘能遇見另一個人，有愛無邪，找最好的角度去觀賞人間。相信愛這件事情，首先對得起自己，再愛得起別人。

咖啡廳櫃檯大理石桌面上，一瓶文心蘭懸著，層次清爽的鮮黃色花瓣與灰白光澤的桌面互映，不知道是誰讓誰更好看一些，或者它們的美麗是因為誰也不能沒有誰。

能愛一個人就能愛全世界。

被愛傷害的人，總之是愛過了，才甘心祝福世界上的每個人，願你伸出手都有人牽。

被愛傷害的人，總之是愛過了，才甘心祝福世界上的每個人，願你伸出手都有人牽。

嫁衣

開始在社群平臺分享寫字之後，很快地開始幫許多朋友書寫婚禮宣言，有些用在婚禮現場布置、有些放在婚紗照囍帖上。雖然是工作案件，但總往心裡去，我常感覺自己是在用華美辭藻為新人織嫁衣，一筆一畫即是一針一線，一心一意只願一生一人。

嵐嵐

嵐嵐是我第一份工作時的小主管，大我一歲，我們同樣都是摩羯座，對待工作有類似的要求。我特別記得她當時嚴謹的態度、笑容很少的表情，也許是因為要帶領一個辦公室新人，體現對這份工作的尊敬及謹慎，她像不苟言笑的偉人雕像深刻在我腦海懸崖邊那塊名為「工作態度」的巨石上。

然而工作狀態穩定熟稔之後，我漸漸發現，她其實也愛笑，只是她的笑容非常靦腆，甚至有點小心謹慎。

那時辦公室小，同事們的年紀也不多，最長的也僅是出社會三年的夥伴，但我們掌握的工作內容是為當時幾百萬人每天使用的網站編輯新聞，影響力之大不可不慎，所以我們字字斟酌，句句思量。雖工作要求嚴格，但因夥伴都很年輕，辦公室環境輕鬆。一遇上時事各生想法，時常一段金句一句幹話，讓嚴厲的職業場所瀰漫大學社團的熱鬧氛圍。

若在話題中成為焦點，無論嵐嵐遇上什麼想表達的話、想笑的事情，她都會出現那種「什麼？真的嗎？沒有啦……。」因不習慣成為注目焦點而顯得尷尬笨拙的笑容——她會以上唇抵住牙齒，下巴稍微後收，透過嘴角眼尾夾好笑意。這種表情看上去總是特別收斂好看，與我總是不顧他人眼光為所欲為相比，是雲泥之別。

有人說，第一份工作遇上的事情、主管好不好，會影響你一生對於工作的想法。我想謝謝她，讓我在第一份工作之上如此謹慎，卻也沒有失去輕鬆幽默的時刻，每天上班前都對當時的工作充滿很多期待，堪比小學生經歷漫長暑假終於迎接開學可以每天見到好朋友一樣。

後來職場的離散雖不至於倥傯，卻也充滿故事。脫離同事關係後，我們作為社群之友不知多久沒見，知道她要結婚了很是高興。

她的愛情故事比起許多人是幸運的。這位憨厚可靠的男人是初戀，一開始認識以同事相稱，在某次攀登高山的旅行中成為戀人，後來在異邦之旅，兩人決定攜手一生。蹺掉失戀與分手的課程，找到牽手一生的幸福然後從身分證單身畢業，這對她來說看似輕而易舉。但我覺得，那是因為她已經先讓自己長成一個無可挑剔的人了，才去遇到另一個同樣很好的人，一起長出一份很好的愛情。

「妳是我的久別重逢 你是我的眾裡尋他」初戀即終身，緣分命定，是好幾世的悲歡離合層層疊疊成久別重逢。期待愛情，但不輕易交出最好的自己，所以眾裡尋他。聽完嵐嵐的故事，這文案是我給她愛情

吻過冬雨，吻過春風，只要能夠安住自己的心，
就什麼都好了。

的說明，亦是祝福。

小宛

二十多年前，小宛是我小學五年級時的班長，也許因為父母親都是學校教員，她的舉止總是靜靜的，看起來特別有氣質。

小五小六有好一陣子我就坐在她隔壁，彼時我的字歪斜而醜，但小宛的字很端正，一顆顆方塊字，寫在作業簿上就像疊起來的積木，整齊而好看。從那時起，我跟著小宛學寫字，像重新習字一般，一筆一劃寫整整齊齊的字。直至小學畢業，我寫的字已經開始有人說「好看」了。

升國中，父親母親忙碌不暇顧及我，遂將我送進私中，而她入讀我們學區公立國中。三年升學拚搏幾乎失了聯絡。直到高中放榜，我又看見她的名字，爾後又都考取同一大學，感覺友情的緣分藕斷又絲連。

小宛的未婚夫是我私中同學，他倆相識於高中，畢業後愛情長跑十年要結婚了。我還記得那天她傳訊息請我幫忙為囍帖題字時，我有一種難以說明的感覺，好像是要回報一種延續很久的美好精神似的。

二十多年前，我跟著她學寫好看的字；二十多年後，她請我用好看的字題字在囍帖上。

我將完成的檔案交給她付梓，彼此都說了感謝。我知道面對感謝的心情時，真心誠意地收下對方的謝意就是最好的回禮。人生至此，莫不過三分之一世紀，生命卻好像已經是一個完滿的圓圈，充滿祝福與感謝。

小名

「小名的小名叫小名。」小時候她跟我說過這句話，一開始弄不懂，稍長才聽懂。

吻過冬雨，吻過春風，只要能夠安住自己的心，就什麼都好了。

小孩的社交是不問認識與否的，同學的兄弟姊妹、鄰居家小孩的表哥表姊，只要能聚著一起的都是朋友，整個世界都是朋友。她是我哥同班同學、我好友的姊姊。那時港星當道，常聽人說她長得很像唱著〈膽小鬼〉的梁詠琪，一頭短髮大眼睛，是我對她的最初印象。

其實我跟小名並無太多生命交集，小學中學都不在同一個點上，直至大學成為小名同校學弟。我還記得放榜那年暑假，跟著她在士林天母的商圈體驗大學生活日常，用極其崇拜的心理精神看著眼前已經在臺北走跳兩年的學姊，滿身盈盈亮亮的都會感，羨慕異常。

待我大學畢業後，工作間返鄉常與她聚。

那幾年韓流大行其道，她赴首爾學習，順便捕獲了愛情。課程完畢，小名返臺工作幾年存錢便決定嫁到韓國去。

得知婚訊，給她寫了字放在婚紗照囍帖上，第一次有了為人織作嫁衣的感覺，過去年年積累的友好念想此刻都化作金銀絲線，寫在紙上，成為缽滿盆盈細水長流的婚禮祝福。一方面卻又感慨自己生活中常聚的好友又少一人。

大疫三年過，想著她嫁作人婦多年均未赴韓探友。訂了夏初的機票，約在首爾吃蛤蠣湯麵，她老公因工作不克參與，我們便閒著逛街散步聊天，如回到學生時代；看她用流利的韓語跟人溝通，對人對事保持得住情緒，一切總算安好，也是一償我宿願了。

真愛

已經不記得這幾年為他人的愛織就多少嫁衣。但認識了愛的奇妙，能讓一個人遇見一個人之後，面對過去都能夠坦然而平靜。

真正知道自己有了正確的人，也知道正確的人有了自己，一種世界都安定下來的感覺。能夠記得過去的不美好，卻也不忘對過去的人保持事過境遷後，心如止水的態度，那是生活中最美好的平靜。

期許愛情不老，總是值得慶祝。單身很好，有個人陪也好，嫁衣穿在身上或脫掉也罷，吻過冬雨，吻過春風，只要能夠安住自己的心，就什麼都好了。

風吹到南方

冷氣團過境，從年二八開始到除夕夜北部都是濕冷天氣。小年夜整理家裡，雙手在加了漂白水的冰水裡搓揉抹布，打白瓷磚上抹來抹去，手背肌膚雖感刺痛，但見一室清白如新，便覺什麼也都過得去了。

除夕祭祖結束，母親在廚房準備年夜飯，我在房間裡收拾行李，晚上八點我們驅車往高雄前進，於午夜時分抵達。年初一往潮州及屏東逛去，記憶中很濃重的年味在這還是有的，一群人拜廟，一群人點燈，一群人逛街，一群人刮刮樂，一群人打煙花，一群人接著一群人接著一群人接著一群人……。

隔日我搬到自己獨居的旅館開始四天的高雄工作行程。

上午從六合路步行到捷運市議會站，搭到鹽埕埔，走一號出口往駁二藝術特區，走二號出口上來就是新樂街，我在站內的周遭地圖前若有所思，拖著裝滿貨品的行李箱往一號的方向走去。晚上十點工作結束，

這世界上啊，擁有一個人的唯一方法，
就是記住他。

照著原路線走回鹽埕埔站準備回六合路的旅館，目光遠處一片通明燈火，我告訴自己：「嗯，這就是當時他所說的，過年期間的新樂街。」

雖經一天勞碌，身體相當疲憊，但我的心思仍領我走進了這條喧囂繁雜的街。與他人幾乎是貼著前進，路過果乾舖、走過毯子商、知名奶茶店，還有領養幼犬的，我蹲著看一隻隻幼獸睡得酣甜可愛，再往前有轟炸魷魚、炙燒骰子牛等……「好像就是夜市攤販在過年期間集中在這條街上。」我自言自語，從半路切出人群。

那一年工作的轉換期，我應朋友的邀請去大義街她的民宿住了三周。上午與她吃早午餐聊天到中午，下午我帶著書跟電腦去咖啡店或著穿上慢跑鞋從真愛碼頭沿著愛河往上游跑，晚上我們會吃宵夜遛狗。有時候她因工作忙碌無暇顧及我時，我會打開交友軟體，找找看有沒有人願帶我認識不同眼界中的高雄。

然後，他回覆了。

他穿著灰色工作服赴約，套著黑色的棒球外套遮掉公司名稱及名字，他說他們公司是年收幾個億的傳產，制服看上去有些老氣。

我戴上安全帽，坐他機車騎向壽山，在看見「高雄忠烈祠」的指標時，我們向左拐了上去，但我們並沒有騎進大門，而是在一個白色裝置藝術旁停車。他示意我攀上一旁的木造瞭望臺。我半信半疑爬了上去，才發現居高臨下且視野開闊，觀賞高雄的最好角度就在這裡——正前方便是呈現「凸」字型的八五大樓，左方十一點鐘方向可見漢來飯店的宛如歐洲王室的冠頂，右側前方有綠地，是哈瑪星的軌道及幾隻正在飛揚的紙鳶，再過去一點有大船停泊的港口。

我拿出手機興奮地取角度拍照，左看右看上看下看，回過神發現他並未同我爬上來，而是兀自在裝置藝術旁輕輕揉著躺在草地上的浪犬。

我靜靜看著他，看他跟浪說了一些話，看他捏捏浪的脖子，他抬頭看見我，笑了一下，眉眼對稱，牙齒整齊潔白。

下山，他說自己剛下了夜班還是要先回家一趟，約了我明天再碰面。事實是，我們沒有等到隔天，那晚又碰面一起吃了杏仁茶配厚片當作夜宵。

他說他大學負笈臺北，在小鎮的邊緣生活，畢業後為謀職又回到高雄，吃住都在家中，能夠陪我走走的時間只有下班後的一兩小時。我也沒關係，總覺得自己與鹽埕緣分深厚，不怕不再見。但，我沒有想到，往後幾日，那一兩小時居然成了我一天之中最盼望的時光。

「氣象預報，冷氣團來襲，加上華南雲雨移入臺灣上空，氣溫驟降，降雨機率大增。請各位觀眾朋友做好保暖工作。」

隔日，他約我去中都濕地公園，一出門陽光煦暖，風吹到南方曝乾了水氣與淩厲尖銳的冰寒，只顯溫順輕柔。他介紹中都一帶說，日治時期是個工業區，旁邊還有兩支磚窯場的煙囪，後來很長一段時間由這一代讓廢棄工廠占據，但因本就是濕地，所以高雄市府規劃整理了這個地方，「我很喜歡，很安靜人很少，有時候心情不好，我會一個人騎車過來坐著晒太陽。」我環視這個人工鑿斧痕跡尚明顯的公園，想像著多年之後將成一片池畔蓊鬱的森林。沿著池塘的邊緣散步走上吊橋，我告訴他自己家鄉也有一座漂亮的埤塘，上面也有一座巨大的白色吊橋，請他來玩，我做引路。

有時候他會帶午餐來民宿客廳，有時候我們會在房間裡看卡通，時間到了他就準時離開。

那陣子好萊塢電影《La La Land》票房口碑俱佳，風靡全臺，我們約好了去駁二的電影院看晚上的場次。也不曉得什麼緣故，這部大熱門電影入場人次竟不多。電影中，男女主角分別到洛杉磯逐夢因而相遇，冤家路窄還總是狹路相逢，步步走向戀曲大鳴大奏的地方，劇情在俯瞰城市的山坡上熱舞的著名場面過後，兩人走進了格理菲斯天文臺⋯⋯螢幕外，我心鼓跟著音樂節奏敲打，人為戲癡，醉心在兩人的意亂情迷之中，不想，一陣尿意醞釀已久按耐不住了，我傾身轉頭跟他表明要去廁所，他也因晚餐喝了飲料說要一起去，於是我們沒人知道他們在天文臺內發生了什麼事（甚至成了至今未解之謎），最終結局是哀傷卻同時明亮的，兩人分道揚鑣擁有各自的生活，再也回不去了。

電影散場之後，我們沿著駁二的小徑散步回大義街。不知道什麼時候，他輕輕牽起了我的手，我們走了一段路，港邊的月色透明，風微微吹皺了時間，我猜想是電影中情感的濃重與相愛不得的惆悵感染了他，兩個人就這樣走著走著，不說話只作伴，我心情淺淺淡淡的沒有什麼念頭。回到民宿，晚安話別，他如往常一樣消失在街的盡頭。

好看的電影消耗情緒，沉沉睡了一覺之後，我打開通訊軟體想問他接下來幾天想再去哪裡，可是那人不讀也不回，一日兩周三月四季，我一心高懸悵然若失，等的人究竟是從自己生命中轉身離開了。

「最終結局是哀傷卻同時明亮的，兩人分道揚鑣擁有各自的生活，再也回不去了。」

前些時間，因壽山動物園重新整理後開園，陪著好友帶孩子去逛逛，途經忠烈祠想起那片風景又拐了進去，停好車，走上當時那個瞭望臺。除八五大樓及港口，亦見到行駛過哈瑪星的輕軌及遠方的流行音樂中心，這座城市已和當年有很大的不同。仍有浪犬在白色裝置藝術旁走動，我下樓，也想跟牠說話，摸摸頭。踏下最後一階，眼神正對上那裝置藝術時，我才發覺那是一組白色立體的英文字「LOVE」。

原來，當年並沒有認出那就是愛的面貌。

我想著這幾年到鹽埕，總有些心事吞不下也說不出，原來，心內深處一直記惦著的便是此事。但可以寬慰的是，時光流去人也大了，能放心看著人情流轉，不需追問不必執著，不再感到悲傷。

他曾說他家在新樂街的尾巴，我沒有繼續探路或在人潮間尋找相似的背影；我走進捷運站，回到旅館，安排隔天的工作計畫。

風吹風吹，要過多少年才能知曉，這世界上啊，擁有一個人的唯一方法，就是記住他。

來生若是
能擦肩

車子駛上國道一號，兩側的五楊高架橋與交流道高聳的橋體錯落，天空沒有雲，呈現一種純然的藍，氣溫升到三十一度，三月初的日子太陽大的讓人不可思議。

我揹著父親，告訴他：「爸，剛上國道了。」

小時候，我是跟爸爸一起睡的，我們的房間窗戶外便是熙來攘往的巷弄，往市場的主婦去上學的孩子都會路過，房間小小的卻放一組老式巨大床架，天花板是一種淡藍色的六邊形及淡綠六邊形交織的拼貼裝飾，左邊靠窗位置的上方留有因房屋漏水產生的黃黑色汙漬霉跡。我跟爸爸在那個房間度過兒時最美好的時光。

有一天晚上爸爸去朋友家，就寢時間仍未歸，我睡不著，也沒有去找媽媽，反而自己開了家裡的大門，經過車水馬龍的街市找他回家。爸爸的朋友看了我對他說：「你的小小衛兵來帶你回去囉。」我聽了這句話，怔怔不明所以，但小小的身體和精神均無法承受猛爆襲來的疲憊，便在爸爸身上沉沉睡去……我撈起回憶的底層，有一雙粗糙的手圈成一張小椅、微駝的背脊是一張小床，我在那小床小椅上看見一些熱鬧的霓虹，聽見那時才剛出現在我們小鎮的珍珠奶茶搖晃的聲音，一棵巨大的樹影像一位老人慈祥地笑著，然後經過警察局、衛生所，我們家快到了……父親頸背的味道使我安心。他揹著我走回家，將我輕輕帶往眠寐的故鄉。

隔天起床，他笑嘻嘻的跟我說：「體重又增加了，又長大了，以後就揹不動你了。下次不要再一個人跑來找爸爸。」事實上那次之後，他就再也沒有在就寢時間離開家。

我們家所在的位置，以現在的房仲行銷術語來說，大概是在蛋黃區，要置辦什麼東西都非常方便。最熱鬧的那條街上開了一家百貨店，我人生中僅有一次站在喜歡的物品前非要不可的哭鬧就在那裡。那是一個價格不菲的名牌玩具。

以結果論，是爸爸的慈愛妥協了幼小兒子的任性。

走出店外，他蹲下來看著我的眼睛肅肅地說，「下次不可以再亂買東西了，尤其是這種名牌。你看，我們家也買得起賓士，但車子是交通工具，能安全移動最重要。不要崇尚名牌，東西可以用就好了，你要記得。」當時尚未建立價值觀世界觀的我，其實不大曉得所謂「名牌」是什麼，只好理解成「大概是很貴的東西吧。」然後跟爸爸點點頭，他被扳成稜角的五官才有了平常的和顏悅色，笑嘻嘻地牽著我回家。

有一次大手牽小手去逛夜市，突然一團人將我們父子穿越，他們過後，父親發現口袋中的八千多元現金不翼而飛了，奮力往前追去，我則站在原地看著他消失在夜市龐大人流之中。但，不過幾秒鐘，他又出現了，我問他有抓到扒手嗎？他搖搖頭說：「算了，錢再賺就有了，你比較重要。」

長大後不時想起這些老舊但可愛的事情，才曉得父親是我生命中最初的喜歡。

還有，七歲的某一天跟媽媽鬧脾氣，獨自站在家門外的柱子旁不肯吃晚餐，媽媽撒了一句狠話便將晚餐都收了。小小的孩子不認為自己有錯，內心著實委屈，只能將挨餓的感受連同口水不停下嚥。夜半，爸爸從床上爬起，問我餓不餓，悄悄拉開鐵門，牽著我去巷子口的宵夜場吃什錦海鮮麵。宵夜場的黑白花紋狗在腳邊繞來繞去，紅色的塑膠椅與鋼製的折疊桌上，爸爸說：「你答應爸爸，這碗麵吃下去，不可以再跟媽媽生氣哦。」

一碗剛盛好的海鮮麵及一個小碗送來，父親將那碗海鮮麵推到我眼前。我記得自己的眼眶被鮮香的熱湯一點一滴蒸出了淚水。

一滴淚掉在我的手機上，又一滴落在筆記型電腦的鍵盤上。

父親猝逝的第九天，我坐在超商的座位區看著電腦螢幕敲打祭文。中段寫道：「我長大會開車了，父親教我汽車充電的方法、開車要注意的事項，有時候還會偷塞錢要我留著。他也曾告訴過我，無論發生什麼事一定要給人留下一條路走，絕對不能斷人後路，即便對方做了非常對不起你的事情。」

朋友聽了之後問：「你爸真的這樣說嗎？」

「真的說過。我爸並不是為了在孩子面前建設優質形象，溫柔又善良真的是他真實的生命的一部分，我從自己的基因裡也能聽見那種理想的呼喚。我覺得我爸不是人家說如沐春風的那種感覺，他帶給我的感受更像是能夠允許世間善惡發生的那種、如同大地一樣沉穩、帶著力量的溫柔。所以我相信我爸會在眾神的宮殿裡當差謀職，而不會是在業火中被燃燒。」我接著說，「還有，因為我爸媽讓我在豐盛的愛之中成長，我也才能夠長成一個有愛之人。我真的充滿感謝。」

因父親驟逝，對比父親母親與我的成長脈絡，也才了解我的人生並不是不斷往前探索的線性紀錄，而是以家為核心不停外出、歸來的往復。

我們之間雖然也有許多爭執與無法理解，但也因為這樣，我才更覺得彼此是真實無欺的家人。每當我旅外如燕盤旋的時候，也才會想起我們在小鎮街角輕輕沁著溫暖的光的家，想起生活在這棟建築裡的往事，想起熨貼在我的靈魂中，家人們重疊的影子。

這幾年，我確實努力地追求名利，希望有一天自己能夠更加獨立，能給父親母親更加自由自在的生活，於是努力寫了很多字、說了很多故事，也參加市集聽聽別人的故事。我相信大家見到我的同時，也將看見了我的父親母親以及我之所來的那個家庭。我認為更多的榮光落在我身上，必定將輕輕拂開父親母親緊蹙的眉心，讓他們的雙眼映照出更佳瑩亮的生活想像，我也可以不必再讓他們擔心煩惱。

直到有一天整理書櫃，翻到小學二年級的班刊上爸媽給我的留言「爸爸媽媽不用你功成名就，只要你健康快樂長大就好。」我才發覺我的追求有一部分，是錯了方向。

我追求讓父親母親知道我能夠獨立，於是也不擅長接受他們的接濟和關心，甚至執拗地想「為什麼你們都還要繼續擔心我呢？」繼續按照自己的意識生活。一天朋友來靈堂給我爸上香，聽了我的想法之後告訴我「父母親永遠都是擔心孩子的，你接下了他們的關心，父母親其實才會更放心。」

是，我想讓父親母親不親要擔心，但我沒有想過，父親母親也有他們所追求的安心。這樣的體會，因為爸爸不在了，使我更加痛徹心扉，卻也讓我在面對媽媽的時候能給上更多更多的體貼。

「爸，下交流道了。我們快到了。」車子彎進丘陵間的產業道路，我將父親的骨灰揹在胸前，看著家族墓園幾株高聳的黑松與那幾近透明的藍天，告訴他「爸，下車了。三十年前你也是這樣揹我回家的，這次換我揹你了。」

來生若是能擦肩，祈求神明讓我們多看彼此一眼。

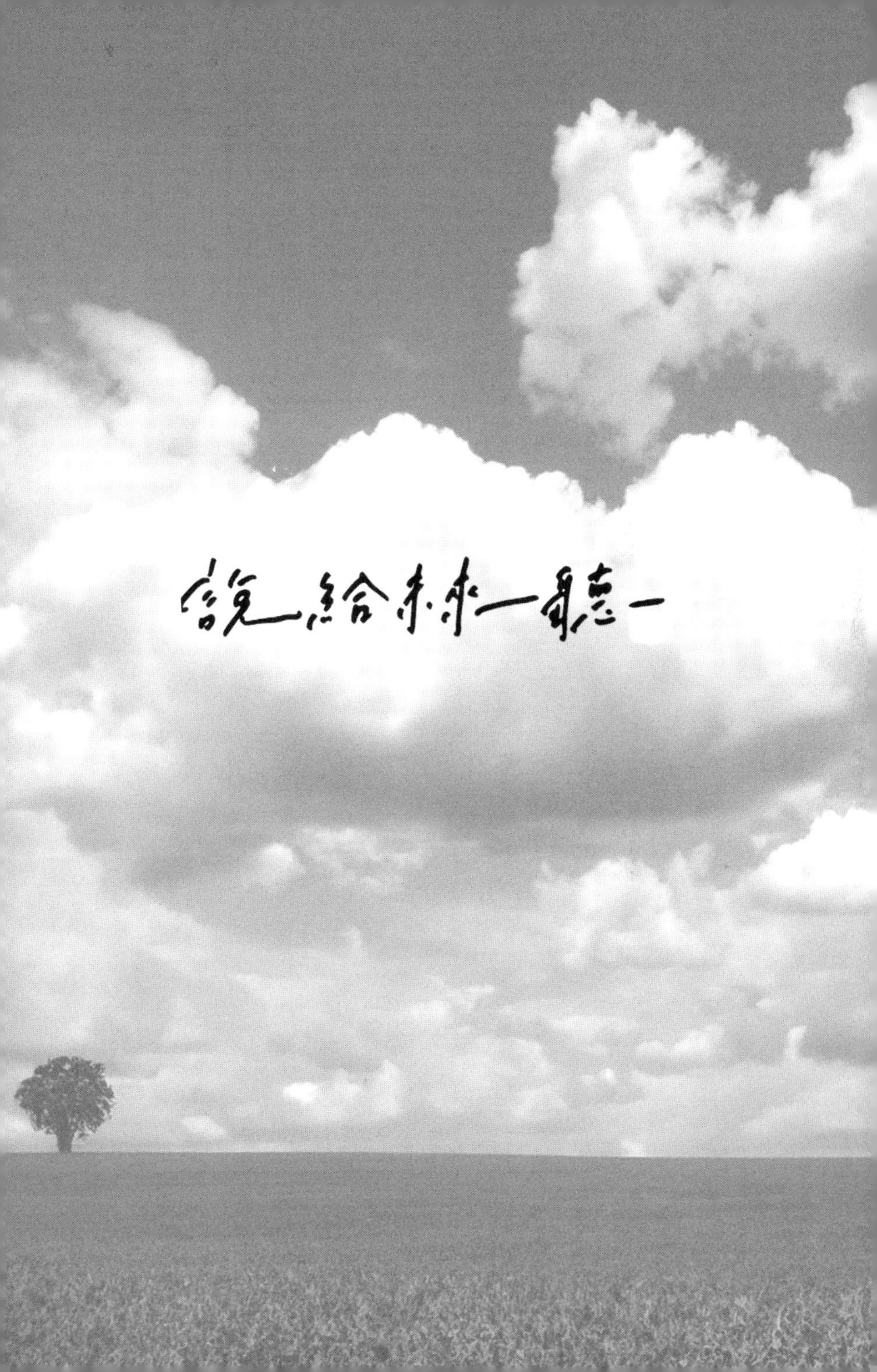
說給未來聽

還有明天的人

在我幼年時候，曾做過一次世界毀滅的夢，那個經驗成為我好長一段時間的夢魘，總是在我記憶的海床匍匐，每當即將遺忘時又翻了一個身，抖落塵土浮上腦海拜訪。

那個夢是這樣的——

地球沒有爆炸而是自我瓦解了，從每個人的腳底下開始碎解成一片片泥塊，所有人開著車子都往山上逃去。因地核瓦解了沒有重力，四周星球的碎片飄浮，襯托這些碎片的是廣袤幽深的宇宙及其他發光體（可以想像成ＮＡＳＡ揭露的某片星雲系統）。我也正看著這絕望的景色往山上移動。從我家出發，經過從前讀的中學後，開始爬升，但不曉得為什麼世界只剩我一人，我盡可能以最大速度移動，但身後土地破解的速度仍舊使我落足於無形之中。

孤獨、失落混合幽闃及面對未知的極大恐懼，沒有明天了，我想。

「你媽在市場暈倒了，被救護車送到醫院急診！」我從床上彈起，著睡衣披外套拿著車鑰匙趕到醫院去。

急診室電視牆上沒有她的名字，保全先生作勢阻止我進入，「請問有沒有一位劉小姐？」、「我媽在哪裡？」，傍著前臺的一位小姐說「是不是剛剛被推進去那一位？」我走進問診間看，保全即步隨上，左轉，輪椅上一位頭髮灰白的太太背對。

保全問：「是她嗎？」

「我確認一下。」我回答並趨前，同時，我也聽見了保全有點嘲諷著說：「還要確認？」一句話說得好似我認不得自己母親。

然而，我是有點不認得她了。父親離開以後，她衰老的速度異常加快，常猛一抬頭看她，各種深淺不一的皺褶攀上了眼尾嘴角，我不願說，只能在內心驚怕著年歲如何摧折我的母親。

急診室醫師聽了媽媽陳述，又問了一些問題，我推著輪椅帶她去照斷層掃描、X光，大致上有些皮肉挫傷及輕微腦震盪要回家觀察一周……「好，好，好」我連聲應著，內心感激神靈庇祐並非大傷，最後推她去拿藥，回家。

「不是暈倒，是被絆倒，只是額頭膝蓋直接撞向地面。」我看著等藥時的媽媽拿著手機跟舅媽聊天，嘰哩呱啦嘰哩呱啦，內心一顆大石終於沉下海床似的，有些寬慰。

傍晚，我在頂樓燒香，再次將一腔感謝說給天聽，「謝謝神明護佑，讓我跟媽媽還有明天」。

其實那間急診室，我去過好多次。

我和祖父的最後一句話，就是在那裡說的。當救護車將他送往醫院時，我仍想著他會蒙神庇佑平安返家，隔日去探望時，見他很虛弱，我握著他的手用客語告訴他「你愛遽遽好起來，共下轉屋下，好無？」

他不只應了聲，也點了頭。我以為一切會向光明發展，沒想過他將無法看見我現在所在的世界。

多年前我也曾載父親去過。

凌晨一點半，爸來敲我房門，說胸口一陣壓迫相當不適，我握著鑰匙急忙去開車載他和媽媽趕到醫院去。

那一個深夜的急診室，相較於白日之時安寧有許。護理師徐徐然幫皮肉外傷的病患換藥，走道邊躺床的阿姨將被褥掩住頭部抵擋冷氣口直吹的風睡去了，保全先生也讓長時間緊張僵直的骨架鬆解開來，三七步輕倚著工作臺。雖不是太平風景，但依現地條件，已經距離歲月靜好相當靠近。

兩點半，住院醫師問診結束，給爸爸一個心率記錄器，再等二次問診及領藥。夜好深，我們三人背對大門在淺藍色的塑膠椅上坐下，發呆或假寐，總之要等待下一個喻示。

凌晨三點二十，一股躁動隨著一輛疾速駛來的計程車停落在大門外，司機對保全大聲說「快點！快點！很嚴重！」急診室自動門閥被關閉固定著，一位護理師疾走到大門，隨後狂奔回護理站，好幾位護理人員及原本在問診的醫師都暫停了原本的工作湧向門外，一群白袍面容俱是擔心，他們將擔架上一名明顯昏迷且全身是血的少年迅速推送進ＩＣＵ，一陣電光石火過去之後，霎時間，急診室中又復歸原本的安靜，整個空間宛如只是天地間一只白色殼子，並無人來跑踏過也無任何一滴血曾掉過。

司機這時請保全報警，警察來做筆錄，「有人打電話叫車去一個軍營附近的夾娃娃機店，很趕啊，我就覺得奇怪，結果一到那邊就一個男的說這個年輕人被砍了丟包在那邊，把他丟上車叫我開到急診室。」

我看見司機描述事發經過時嘴角仍不覺顫抖。

原來世間風景並不太平，人情歲月也並不靜好，死亡總是如此靠近。

自從少年被送進ＩＣＵ，急診室中的空氣似乎流動得相當謹慎，原本不停摳著傷口的刺青大哥將雙手交握在胸前，不停翻身的阿嬤讓呼吸聲變得很輕很輕。未久，一對髮色灰白的夫婦現身，先生面容黝黑而皺紋深刻，太太臉色蒼白五官全皺在一起，急急往護理站尋去。

正在此時，醫師走出來一句「他走了」。直截得似乎非常熟練，那位太太雙膝一軟跪了下去，怔怔瞪大了雙眼，然後哭喊起來。她先殷勤求著醫師再想想辦法，落地的膝蓋從沒直立過，但不想，生命一旦回天乏術，醫師也僅是與你我一般的凡人而已……她愛子心切，噩耗如同爆炸，一心苦痛有稜有角不曉得該向哪拋，轉過身扯著計程車司機的襯衫問怎沒將兒子早些送來，那司機是個老實人，原地立著隨她拉扯而無語，一旁的先生陷入沉默的悲痛之中，突然轉身拉住太太的手說：「孩子是他送來的，我們要感謝人家……」

我心內漾起一股苦酸，初次明白，原來這個世界上也有父母親的愛救不回來的孩子。

清晨五點，醫師再次確認父親的病況無礙，遂開了穩定的藥回家備著。車子緩緩駛出醫院停車收費閘門，向右轉，四線道的馬路讓剛升起的日光穿透，一片純白，一片金黃，一個全新的世界再次誕生了，絲毫沒有孤獨、失落混合幽闃及面對未知的極大恐懼。

如常的宇宙看似並不在意深夜裡有個年輕的生命化為清晨被太陽蒸散的薄霧。晨運的人，市場的人，小學生中學生，汽機車引擎聲轟隆轟隆，LINE 群組傳來朋友哀嚎不想上班的訊息。

我看著沒有點開，心裡只想著——我們都是還有明天的人。

收件人：
阿旭

嗨，

我們終於還是走到這裡了。請原諒我用生疏的方式跟你打招呼，我必須站遠一點才能將你看清。

還記得嗎？廿歲生日的時候，你一個人搭公車回臺北，覺得活著遇上許多辛苦，所以許願再活一倍的時間就好了。如今那個期限已經快到眼前了，你有了更多抱負及想照顧的人，趕緊再許了願望，而這次沒有限期。

學生時代你身上有一股堅強的氣息，以自由、執拗及原則填充而成。你歌頌善良，小心翼翼看著虛偽的人臉上的笑，路見不平你會出言制止，與人為善但不輕易將真正自己給出去。

揮別了青春，接受了平凡，一張張臉過去了，一首首歌唱老了。

少時還不明白交友如同觀星，一生人會認識宛如銀河那般多的人，

收件人：阿旭

而真正可謂朋友的僅是晚雲飄來一陣迷茫時還得見閃爍的幾粒星子。考大學那年翻讀一本古籍，「雲映日而成霞，泉挂巖而成瀑，所托者異，而名亦因之。此友道之所以可貴也。」，具象譬喻使你印象深刻，於是你努力跟朋友們成了各自的晚霞和瀑布，即便遇到生活的枯水期也願意讓給對方涓滴。你們走進彼此生命中終會歷經的大悲大慟，也都參與了對方內心真正感到幸福的時刻，你見過朋友皺著眉頭為你的遭遇捧心，知你成就他們的喜悅甚或還大於你。若真的有轉生輪迴，不曉得該用多少不遇換這樣的幸運。

今年三月你跟P提到工作計畫時告訴她「我覺得我可能是靠近這輩子最大勝負的一年」，她回答「這輩子還很長，但這一年會很多成就的」，如常的溫暖及包容，她是埋葬了你最多祕密的地方。也是她的許多正向舉止言行揭露了你心裡對自己黑暗面的不滿不堪，讓你想要匡正自己長在命運中的歪斜扭曲，重新在鋪滿陽光的地方攤開矜持攤開信仰，曝晒悲傷。

別忘了你一直是這樣被龐大的愛所照看出來的人，你領略了很多學到了很多，謝謝他們為你帶了此生最好的福氣。所謂的白手起家，其實也是獲得了許多人的幫助而已。

對了，還有那件事。曾經在一場你組織的聚會，朋友未告知你便私下邀請了你不大欣賞的客人。結果一如預期，強顏歡笑無法賓主盡歡，臨別時，你有一種在苦牢中被悶了好久終於可以吐露一口氣的感覺，發誓自己再也不要這樣了。

認識某些人做出的行為，可以給自己帶來警惕——不可以成為那樣的存在，不可以為他人帶來麻煩，不可以將他人的好意視作理所當然……，並藉這些機遇，揀選能理解的事情，調整自己的言行舉止。人的身上，有些質感是經過遺傳繼承而來的，難免部分並不總是讓人欣賞。但你認為，不能將所有的念頭行為都往「與生俱來」溯源，怪罪完血緣就沒事了。

許多人之所以成為眾人眼中的「大人」，是因為懂得尊重他人，在大人所要承擔的許多責任及擁有的能力中，盡自己可能修飾那些讓人感到不適的質地。你說，以前你會排練一種說詞去告訴對方自己的感受不是很好，但現在遇見自己不欣賞的人時，不討論不指摘，保持距離並沉默以對，你以為才是最好的反對。

你還說，每個人都有獨自的深谷與草原，海洋陸地邊界的淺灘可以浮潛也可以擱淺。靠近一個人，能在他身上覺察舒服的氣息，甚至希望能再次遇見對方，是一種難得的美好，是此生都想觸及的。

我現在回想這件事情，才忽然發覺你已經離第一次睜開眼時的純真與神性越來越遠了。我沒有任何評論的意思，只希望你不要忘了生命的甬道中已經消失的景色。千般易淡，萬事可忘，經過許多人與事之後必須更加曉得時間的殘忍。用了半生，從神性降落成了人性，還請你務必在任何事情上存有豐沛的人性哦。

另外，二〇一四年學運發生的那個春天你還是剛謀職的新聞編輯，在人群中為人群焦慮，住在行天宮附近，搭車到立法院靜坐的現場看那些執著的臉聽街頭演講，並在那一夜跟許多人一樣將臉書大頭貼換成一頁黑，看著深夜新聞轉播為國家對人民的暴力流眼淚。而今學運屆滿十年，你在社群上轉發政客們的荒謬，對於新聞娛樂化一笑而過，反正討厭的事情不聽不看不想，生活的感受會好一點，你對自己說「別無他法了」，汲汲營營的求生追著你使世事都麻木了，正義感燒光了，同理心殭死了，除了無奈之外，應該還有點什麼吧？我相信流傳在你血液中的東西，那一直是我敢於自負的膽量啊。

收件人：
阿旭

關於愛，你可能會認定現在的自己，對癡迷過的都淡然了，曾保守自持的也都破洞了。至少至少，你還是相信愛的——你提到愛的時候，眼中是大馬士革花園的清晨，荒漠中仍有甘泉。

那天，你打開 Podcast 聽見一種熟悉的說話方式，大概沒想到當初愚弄你的人，成為了某個頻道的說書人。

是你的初戀，你談得刻骨銘心，但對他而言你只是一個可愛單純的玩物，連他當時感情中的第三者都稱不上。對於他我實在沒什麼好說的亦不想再多置喙一字，但親愛的，你是個多情的人，平淡才能平安，別讓心再逗留。

時而靠近時而遠去，我們與世界的鏈結及相遇一絲一絲編織，萬事萬物都有相識相依的緣分。積集相續天下迷人的靈魂，無論過去或未來的，希望你只持自己應得的分量，去看遠山野花，一生如畫。

而立之年，人生故事的伏線都逐漸浮現了。

驀然回首發現，人常說「我遺失了自己」、「我被社會改變了」其實都是經過思考後選擇的結果，自己就是自己走失的起點。如果覺得以前的自己還不錯的話，沿著生命岔開的小路撿拾生活線索的果實，這顆要原諒那位只會壓榨下屬的主管、那顆代表要忘了某次在百貨公司與店員爭執面紅耳赤，還有一顆勸你別再讀網路上的人生法則，按圖索驥往回走到走失的起點，看看以前的你。雖然被改變的不可能完整地回來也請先不要自厭自棄。畢竟名為人生的那麼長的路，即使百味雜陳福禍相倚，多麼難得，我們終於還是走到這裡了。

願你牢記每個待你善良的人，願你有一些相愛走過長夜再到天明，願你有自己的時間觀看天光雲影徘徊，看鏡花開出結果，看水月缺了再圓。

收件人：
阿旭

願你的夢中沒有咆哮，願你的夢中沒有失望也沒有嘲笑。

願你的夢中有一塊青草地，埋葬今天的自己，新的自己在明天等你。

自算平生幸已多，教訓也算還記得，你的成就都是你給自己的，也逐漸成為給別人掌燈的人了，生活不總是滋潤的時候，還是要記得身邊愛你的人。

旭　二〇二四春天

星叢

記得有人愛著你

2024年7月初版 定價：新臺幣360元

著者 魏旭良
(阿旭寫字公司)
叢書主編 黃榮慶
校對 吳浩宇
內文排版 烏石設計
封面設計 鄭婷之

出版者 聯經出版事業股份有限公司
地址 新北市汐止區大同路一段369號1樓
叢書編輯電話 (02)86925588轉5307
台北聯經書房 台北市新生南路三段94號
電話 (02)23620308
郵政劃撥帳戶第0100559-3號
郵撥電話 (02)23620308
印刷者 世和印製企業有限公司
總經銷 聯合發行股份有限公司
發行所 新北市新店區寶橋路235巷6弄6號2樓
電話 (02)29178022

副總編輯 陳逸華
總經理 陳芝宇
社長 羅國俊
發行人 林載爵

行政院新聞局出版事業登記證局版臺業字第0130號

本書如有缺頁，破損，倒裝請寄回台北聯經書房更換。 ISBN 978-957-08-7429-7 (平裝)
電子信箱：linking@udngroup.com

國家圖書館出版品預行編目資料

記得有人愛著你/魏旭良（阿旭寫字公司）著．初版．
新北市．聯經．2024年7月．264面．14×20公分（星叢）
ISBN 978-957-08-7429-7（平裝）

863.55 113008659